全新知识大搜索

历史的隧道

LiShiDeSuiDao

顾盼　主编

吉林出版集团有限责任公司

前言

　　我们在历史的隧道中，不过是白驹过隙，转眼即逝。但就在这一隙一逝之间，塑造了你我，和我们之间的故事。历史给我们知识，也给我们智慧。克罗齐的一句"一切历史都是当代史"，就是说人类的发展不再盲目于任何事物，而是有理性地从事某种事物。也就是说，人们要问个为什么，并且要考虑逻辑性与合理性，然后才去行动。人们阅读历史、解读历史，目的就是为了现在，人类的进步与人们对历史的了解与解读有关，因为历史囊括了人类发展过程中的一切成功的规则与失败的教训。历史，就如同法律上的一个个案例一样，可以使我们现在的生活有某个参照物，以及判断的准绳。

　　对历史的书写比事实更具有可变性，但是否就是公说公有理，婆说婆有理了呢？在我们看来都不是。历史的书写，需要一些形而上学原理，否则就会出现相对主义了。对此，胡适先生曾有过一个精彩的比喻，"历史就是一位任人梳妆打扮的小姑娘。不要说在专制的封建社会里，文网恢恢，动辄得咎，书写历史成了一个极其危险的职业，因秉笔直书而遭遇血光之灾甚至祸及九族者不知凡几；就是到了近代乃至现代，历史仍然充满了数不清的谜团。随着时间的推移和史料的发现，有些谜团才陆续得以解开。"

　　历史的存在，是让我们今天引以为戒，让明天过得更好；历史是过去的，是让我们借鉴，哪些该做，哪些不该做。"以铜为鉴，可以正衣冠；以史为鉴，可以知兴衰；以人为鉴，可以明得失。"当下，历史的书写和

理解已经成为一种不容忽视的文化热潮，那么，我们今天应当怎样理解历史？笔者认为有两点应该重视起来：第一、读真实的历史。你所读的历史应该是真实的，而不是某些为了个人利益制造出来的历史，即虚假的历史。可以想象，如果你读的历史是假的，那么还有什么意义呢？这样的历史也不会作为证据被引用。第二、理解历史。历史就摆在那里，真实的历史只有一个。但是我们读的时候可以理解它，一个纯粹的事实如果不经过分析，那么有什么用呢？就像你有一千万，可是一辈子都没有花过，那它有什么用呢？

历史是人类生命的活动行程，没有人能够抗拒这条来自太古的精深隧道，但对当下而言，历史毕竟是属于过去的，所以，我们可以开创未来、缔造未来，却不能无视、扭曲，甚至篡改过去，因为历史不论是对的、错的，你喜欢的还是不喜欢的，都已成定局，真诚面对历史隧道，才有助我们敞开心胸，以更广阔的视野去面对未来。

目录 MuLu

第二章 世界年华

目录 MuLu

第一章　华夏篇章

　　中国是人类文明的发源地之一，与古巴比伦、古印度、古埃及一起，并称为世界四大文明古国，而且，由于特殊的历史条件，中国的文明传统是保持得最为完整的，也是最有连续性的。在漫长的历史长河中，生活在这片土地上的华夏各族人民，勤劳努力，用自己的双手创造了灿烂辉煌的华夏文明，谱写了中华民族的壮丽诗篇，促进了世界文明的发展，推进了人类历史的进程。在很多个世纪里，先进的中国曾经是这个世界的中心，为世界上的其他民族所景仰。但是，自18世纪以来，中国开始落在了西方国家的后面，陷入了落后挨打的被动局面。近代的历史是中华民族的屈辱史、血泪史，也是中华民族的浴血奋斗史。无数的仁人志士，为了中华民族的崛起而前仆后继，抛头颅，洒热血，不懈奋斗。今天，中华民族站起来了，屹立在世界的东方。走在21世纪的征途上，我们为中华民族更加光辉灿烂的未来而奋斗。历史传统是一个民族的根，是一个民族的心理纽带。历史传统蕴涵着先辈们丰富的智慧，它不只告诉我们的过去是什么，它更可能预示着我们的未来会是什么。忘记历史就意味着背叛，牢记历史，牢记历史留给我们的经验和教训，我们中华民族才会更有希望。

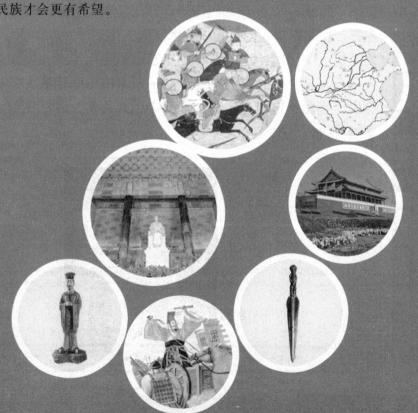

✷ 元谋猿人

　　人是从古猿进化来的。只有从远古猿人的化石上，我们才能多少知道一点我们的老祖宗是什么样子。迄今为止，在中国，最早的猿人化石叫"元谋人"，或者叫"元谋直立人"，1965年发现于云南省元谋县，所以叫"元谋人"。经古地磁法测定，元谋猿人的绝对年代为距今170万年左右，比北京猿人化石和陕西蓝田猿人化石早100多万年，发现的化石为两枚上中门齿。元谋人已经能制造和使用工具，可能还会用火。元谋人化石及其文化遗物的发现，对于探索中国早期猿人的体质特征和文化提供了宝贵的材料，同时也证明中国是人类起源的主要地区。

✷ 炎黄二帝

中国人自称"炎黄子孙"，炎黄其实是传说中的两个人。炎帝是传说中的姜姓部落的首领，号魁隗氏、连山氏、列山氏；原居姜水流域，后向东发展，与黄帝战于阪泉（今天的河北涿鹿东南）之野，被打败；后与黄帝联合，打败蚩尤。又说炎帝就是神农氏。黄帝，姓姬，号轩辕氏、有熊氏。相传在炎帝侵凌各部落的时候，黄帝得到各部落的拥戴，与炎帝大战三次，打败炎帝。后黄帝又与炎帝一起打败蚩尤。传说中的许多发明，如养蚕、文字、舟车、算数、乐器等，都创始于黄帝时期。

女娲补天

女娲是中国古代的神话人物，又被称为"娲王"，传说中的人类始祖。传说中她与其兄伏羲氏结婚，生育了人类，后来他们制定了嫁娶之礼，禁止兄妹通婚。这反映了中国原始时代由血缘婚姻（就是属于同一血缘的人相互结婚）到族外婚姻的情况。传说中女娲发明了笙簧，还用黄土造人。最神奇的故事是说：古代帝王共工氏被祝融打败，便用头触断了支撑天的不周山，于是天漏了，大雨连绵，地球遭受洪水之灾。女娲就烧炼五色石补天，斩断鳌（大龟）的四只脚来撑住天的四极，洪水就被制服了。《红楼梦》中那句"无才可去补苍天"，就是借用了这个典故。

✺ 尧舜禹的传说

　　尧舜禹是传说中的部落联盟的首领。尧，名放勋，又叫陶唐氏，史称唐尧。他曾令羲和掌管时令，制定历法，并推选舜为继承人。舜，名重华，黄帝的后代，号有虞氏，史称虞舜，因为孝顺，被推举为尧的继承人。他巡行四方，除掉四大凶人。舜死后，禹即位。禹是鲧的儿子。尧在位时，天下洪水泛滥，鲧用堵的办法治水，9年没见功效，被舜诛杀。禹受舜命治水，用疏导的办法，经过13年的努力，终于成功制服了水害。相传他治水13年，三过家门而不入，为后世称颂。尧舜禹禅让推举首领的制度，是中国历史上的千古美谈。

✺ 夏朝的建立

夏朝是中国历史上第一个朝代。相传大禹治水成功之后，奠定了他所属的夏族在中原文化区的中心地位。按照传说中的禅让推举制度，大禹也曾推举其他人接替自己，但都失败了。最后，禹的儿子启接替了王位，开创了王位世袭制的先河，建立了中国历史上的第一个王朝——夏。夏朝从启开始，到暴君桀灭亡，共传承了16个皇帝，13代，约500年。今天中国人以"华夏"作为中国和中华民族的代名词，主要也就是与此有关。

☀青铜时代

　　在中国古代史上，使用青铜的时代早于使用铁器的时代。从夏朝到商代的早期，中国的青铜器得到了初步的发展，到了商代的晚期，青铜时代已经进入了发达繁荣的阶段。在中国古代史上司母戊大方鼎是现存的商代最大的青铜器之一。它1939年出土于河南省安阳，造型端庄，古朴厚重，长方形，有两个立耳，4个柱足，长110厘米，高133厘米，宽78厘米，重875千克，腹部饰有兽面纹，耳廓为虎食人头纹，腹壁内有"司母戊"三个字。它是商代青铜文化高度发达的标志，在世界青铜文化史上占有重要的地位。

☀甲骨文

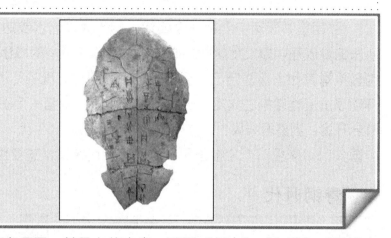

　　商周时代刻在龟甲、兽骨上的文字，又叫"契文"、"卜辞"、"殷墟文字"，是中国最早的文字。1899年，清代金石学家王懿荣认识到商代王朝遗址殷墟出土的甲骨上的契刻文字，是一种比西周金文还早的文字，于是开始了对甲骨文的研究。20世纪以来，又陆续在郑州、洛阳、长安等地发掘出很多的甲骨。迄今为止，出土的甲骨有15万片之多。甲骨文使用的单词约4500个左右，目前能认识的约1700字。甲骨文记事简单，一块甲骨上少的只有几个字，多的有100字。甲骨文所记载的内容很丰富，上自国家大事，下至个人生活小事，都有记载，是研究商周社会历史的珍贵资料。

☀武王伐纣

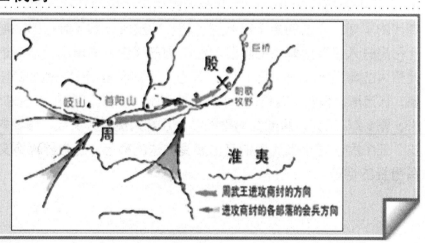

商纣王的残暴无道，致使商朝内外交困，社会矛盾激发。与此同时，地处渭河流域的关中地区的周部落，在周文王的领导下，悄然壮大，并积极地向东扩张，对商朝虎视眈眈。周文王死后，周武王即位。他定都于镐（今陕西长安县），积极准备讨伐商朝，召集自己的联盟部落，在河南孟津（今河南孟县）举行誓师仪式，并渡过黄河，向商进攻。决战在牧野（今河南淇县）进行，这时的周兵才4.5万人，商兵却有70万人，可是商兵人心离散，而且大部分是一些临时召集来的奴隶兵，最后，奴隶兵阵前倒戈，周武王大获全胜。商朝由此灭亡，周朝的统治开始了。

春秋五霸

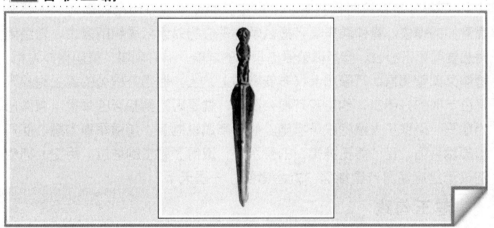

东周分为春秋和战国两段。"春秋"因为鲁国的编年史《春秋》而得名。一般的说法，春秋时代的年限从公元前770年开始，到公元前476年为止。当时，周天子王权衰落，诸侯们势力强大。诸侯之间相互缔约，用武力统率其他各个小的诸侯国，谁的力量最大，谁就担任盟主，盟主就是霸主。五霸的说法不同：一种说法讲，五霸指齐桓公、晋文公、楚庄王、吴王阖闾、越王勾践；另一种说法是指齐桓公、宋襄公、晋文公、秦穆公、楚庄王。

管仲相齐

　　齐桓公是春秋时代的第一个霸主。他能够建立自己的霸业，主要是靠管仲的辅佐。管仲原来是齐桓公争夺王位的对手公子纠的谋士，曾经用箭想要射死齐桓公。但齐桓公爱惜管仲的才能，摒弃前嫌，重用管仲为相。管仲又叫管夷吾，齐国颍上（今安徽颍上）人。他与齐桓公的谋士鲍叔牙是少年时的好朋友，他能被齐桓公重用，就是因为鲍叔牙的举荐。管仲任相期间，采取了大量的改革措施。他改革赋税制度，加强军事力量，使齐国国富兵强，在"尊王攘夷"的号召下，取得了霸主的地位。历史上称他的改革措施使得齐国能够"九合诸侯，一匡天下"。

越王勾践

勾践（? －前465）是春秋末期的越国国君，公元前496年打败了吴王阖闾。为防止吴王的儿子夫差前来报仇，次年，勾践主动出击吴国，失败后求和，代价是到吴国当人质。三年后，因逢迎夫差得法，勾践被放回。回国后，勾践卧薪尝胆，以示不忘耻辱，不忘报仇。他重用文种、范蠡等大臣，励精图治，与百姓同甘共苦，十年生聚，十年教训，终于转弱为强。公元前482年，乘夫差会盟黄池而国内空虚之机，勾践大举攻吴，严重削弱了吴国的实力。公元前473年，勾践在姑苏山围攻夫差，迫使他自杀，最终消灭吴国，继而北上争霸成功。

商鞅变法

商鞅，原是卫国人，姓公孙，名鞅，又叫卫鞅。公元前359年，秦孝公任命他推行变法。变法进行了两次。第一次始于公元前359年，主要内容是：发布垦草令，开垦荒地；实行封建租税制，编造户籍，施行什伍连坐；奖励军功，禁止私斗，废除世袭的贵族特权；奖励耕织；压制商人及商业活动。公元前350年，商鞅再次变法，主要内容是：实行井田制，普遍推行县制，颁布法令，按人口征收人口税；统一度量衡。此外，还推行严刑酷法，以国家暴力推行新法。商鞅废除了秦朝的奴隶制，建立了封建制，使秦国强大起来，为秦朝最终消灭六国，统一天下打下了坚实基础。

❋ 战国七雄

　　同"春秋"一样，"战国"也是时代名，即东周王朝的后半段。因为各诸侯国之间连年征战，相互征伐，所以被后人称之为"战国"。从西汉末年刘向编辑《战国策》开始，才有了这个历史时代的名称。时间跨度为公元前475年到秦朝建立的公元前221年，总共是253年的历史。战国时期，齐国、楚国、燕国、韩国、赵国、魏国、秦国这7个国家是当时众多诸侯国中最为强大的。他们之间相互征伐，争雄称霸，所以叫做"战国七雄"。在吕不韦、李斯等人的辅助下，到公元前221年，秦王嬴政相继吞并其他六国，最后统一了中国。

❋ 泽被千秋都江堰

在都江堰修建之前，岷江流域经常发生严重的水灾和旱灾。公元前250年左右，李冰任蜀郡守，见岷江灾情严重，人民苦难深重，便下决心把闽江治理好。他集中劳动人民的智慧，亲自组织和设计了都江堰工程。都江堰位于岷江中游，由分水堰、飞沙堰和宝瓶口三个主要工程组成，规模宏大，地点适宜，布局合理，兼有防洪、灌溉、航行三种作用。在以后的朝代中，都江堰又得到了不断的修筑和管理，并最终成就了今天的规模。两千多年来，都江堰绵绵不绝地滋润着成都平原，造就了四川"天府之国"的富足和美誉，养育了无数的炎黄子孙，是真正的泽被后世。

百家争鸣

孟子　韩非子　荀子

战国时期，诸侯国之间相互征伐，社会动荡不安，各国统治者出于争霸的需要，非常需要治理国家和社会的人才，这促使了学术思想的繁荣和发达。在当时的社会中，涌现出了儒家、道家、法家、墨家、阴阳家、纵横家、农家、名家、杂家等学派，他们就各种各样的社会、学术问题，提出自己的主张；与诸侯间的争雄称霸一样，各学派之间也展开争论，相互攻伐，争取为统治者所用，以实现自己的抱负和理想。这种状况，史称"百家争鸣"。它促进了学术的繁荣和发展，推动了文化的发展，塑造了以后中国传统文化的骨架。

✹ 千古一帝秦始皇

　　秦始皇（前259－前210），名嬴政，秦国国王，秦王朝的创立者。他在吕不韦、李斯等辅助下，实行农战政策，相继吞并了其他六国，公元前221年统一了中国，建立了中国历史上第一个大一统的封建主义中央集权的王朝。嬴政自称始皇，实行皇帝独裁专制；实行郡县制，直接任命官吏；统一度量衡、货币和文字；北击匈奴，南收闽越，修筑万里长城。这些措施巩固了王国的统一，推动了经济和文化的发展。但是，他"焚书坑儒"，严刑峻法，建造阿房宫、骊山墓等大型土木工程，巡行全国，奢侈挥霍，给社会和老百姓带来沉重灾难。公元前210年，秦始皇病死于巡行途中。

✹ 秦兵马俑

兵马俑是秦始皇陪葬陵的兵马陶器群。1974年在山西临潼县秦始皇陵东侧出土，共有四处。它在地面以下2米左右，其中1、2、3号坑，占地面积分别为1.462万平方米、约6000平方米、500平方米；4号坑疑为一个未建成的废弃坑。兵马俑共发掘出武士俑7000个，陶马100匹，战车100余辆。规模之大、陶俑之多、艺术价值之高，堪称世界帝王之最。1987年，在原兵马俑博物馆附近又发现另一座兵马俑坑，出土了100多件兵马俑。秦兵马俑被称为"世界的七大奇迹之一"。1982年，秦兵马俑被世界教科文组织列为世界文化遗产。

☀ 焚书坑儒

公元前213年，儒生淳于越建议秦始皇效法古代，分封诸王子和功臣。丞相李斯反对，认为不必效法古人，主张禁止儒生以古非今，诽谤朝廷，建议下令焚烧书籍，以便禁止私学。秦始皇采纳了这一建议，下令除了皇家所藏的书和医药、卜筮、种树的书，其他的全都烧掉。第二年，姓卢和姓侯的两个方士看到秦始皇实行严刑杀戮，怕祸害降临到自身，就相约逃跑。秦始皇大怒，下令把咸阳的儒生全抓来审问。被抓捕者达460余人，最后都被活埋。这是中国文化史上的一场浩劫，也是专制制度罪恶摧残文化和文化人的丑恶表演。

❋ 王侯将相，宁有种乎

　　"王侯将相，宁有种乎"意思是说：王侯将相难道是天生的吗？这是秦朝末年大泽乡起义的首领陈胜的话。秦始皇和秦二世的残暴统治，使秦朝的社会矛盾空前尖锐。公元前209年，陈胜、吴广与戍守边关的士兵900人去渔阳（今北京密云），途中因为洪水延误了行程，按照法律就该斩首。于是陈胜和吴广在大泽乡（今安徽宿县刘村集）揭竿而起，反抗秦朝。这就是历史上的大泽乡起义，也是历史上的第一次农民起义。起义军在攻占陈县（今河南淮阳）后，建立了张楚政权，陈胜被推举为陈王，统率各路起义军，但最终被秦将章邯打败。陈胜也被叛徒杀害。

❋ 楚汉之争

刘邦占领关中后，公元前206年，项羽率大军出击反叛齐国，刘邦则趁机攻占了项羽的根据地彭城。项羽率师回救，大败刘邦，迫使其退到荥阳一带。刘邦在前线节节败退，但他的部将韩信、彭越却在项羽的背后取得了重大的胜利，从而使战争进入相持阶段。公元前203年，双方约定以鸿沟为界，平分天下。公元前202年，刘邦采用陈平和张良的计策，率军出击项羽，又约韩信、彭越南下而共同围攻项羽于垓下（今安徽灵璧南）。在四面楚歌声中，项羽突围到乌江（今安徽和县东北）。眼见大势已去，项羽拔剑自刎。历时5年的楚汉战争结束。刘邦于是建立了汉朝。

文景之治

汉文帝刘恒，刘邦的儿子。汉景帝刘启，汉文帝的中子。在他们统治时期，不忘秦朝灭亡的教训，以"黄老无为"思想为指导方针，制定和贯彻"与民休息"的政策，劝勉百姓致力于农业，减免田租赋税徭役，解除山泽之禁，改革法律制度，废除肉刑，削夺诸侯王的权力，加强和巩固中央集权。这些政策，促进了农业和工商业的发展，促进了社会秩序的稳定，京师繁荣富裕，经济富足，国家粮仓的粮食一年一年地累积，以至于堆到粮仓外面来了，有的腐烂得不能吃了。这就是历史上著名的"文景之治"。

✹ 七国之乱

　　汉朝初年，刘邦分封自己的子弟为王。到文景时期，诸侯王的势力强大起来，严重威胁中央政权。公元前154年，汉景帝用晁错"削藩"的建议，把楚王、赵王等的封地划归中央管辖，将要削夺到吴王时，吴王刘濞便乘机联合楚、赵、胶西、胶东、淄川、济南六国，以"诛晁错、清君侧"为名，举兵反叛。起初，景帝听信袁盎的计策，杀掉了晁错，以安抚七国。但吴王却进而自称为"东帝"。最后，汉景帝派周亚夫率领大军迎击吴楚，3个月平定了乱军，叛乱的几个王或自杀或被杀。此后，诸侯国的行政权和官吏任免权收归中央，诸侯势力日渐削弱，汉朝的中央权力得到了加强。

✹ 武帝风流

汉武帝刘彻（前140－前87），中国历史上最著名的皇帝之一，在位期间，刘彻继续削夺诸侯王的势力，加强中央对地方的控制，削弱丞相权力，建立皇帝的独裁专制；设置校尉、羽林等军队，加强中央军队；实行察举制度；建立太学和郡国学；"罢黜百家，独尊儒术"，实行思想和文化上的专制；任用酷吏，严肃刑罚，打击豪强势力；兴修水利，治理黄河；两次派张骞出使西域；以卫青、霍去病为将，连续发动对匈奴的战争；在云贵两广设置郡县，扩展疆域，等等。汉武帝在位的54年，是汉朝的黄金时期，也是古代中华民族的一个辉煌时期。

✳ 罢黜百家，独尊儒术

公元前140年，儒生董仲舒建议罢黜诸子百家的学说，独存孔子的儒家学说。汉武帝接受了他的主张。由于喜好黄老之学、即道家无为学说的窦太后的大力反对，汉武帝只好罢黜了那些法家学说和纵横家学说的门徒。公元前136年，汉武帝起用推崇儒家的田蚡为宰相，将那些不学儒学五经的博士（官职）一律罢黜，从而排斥道家、法家、名家等学派于官学之外，并优待礼遇招揽了研修和信奉儒学的人。这就是历史上著名的"罢黜百家，独尊儒术"。此后，天下官吏主要出自儒家门生，儒家大为发展，成为以后两千年来中国社会的正统思想。

☼《史记》

　　司马迁是西汉文学家、史学家、思想家。公元前108年，担任太史令，开始撰写《史记》。后来因为替李陵兵败事件辩护，触怒汉武帝，被捕入狱，受到宫刑，出狱后发愤完成了《史记》。此书是中国第一部纪传体通史，原名《太史公书》。该书全面记述了上起传说中的黄帝，下至汉武帝年间3000余年的历史。全书130篇，包括十二本纪、十表、八书、三十世家、七十二列传，共52.65万字。《史记》具有积极进步的历史观和批判精神，它开创的体例为后世史学家所沿用，其人物传记在文学史上具有崇高的地位。鲁迅赞誉它是"史家之绝唱，无韵之离骚"。

☼ 丝绸之路

自西汉开始，中国与中亚地区、印度之间，开展了频繁的贸易往来，因为中国主要经由这条道路输出丝和丝织品，所以叫“丝绸之路”。它是中国、印度和地中海三地文明的交流通道。主要路线为：从长安、兰州，经由中亚地区，最后到达地中海沿岸，并由此转销罗马帝国各地。通过丝绸之路，大量的丝帛锦绣源源不断地西运，同时西域的珍奇异物也输入到中国。当时还有海上丝路，丝织物品从中国南部直接航运往西方。除了通商的意义外，丝绸之路也成为民族迁移、宗教传播、文化交流的通道。它加强了中西交流，反映了那个时代中国的开放性品质。

蔡伦造纸

不是所有的宦官都危害社会，汉代的蔡伦是个例外。蔡伦（？—121），桂阳（今湖南郴州）人，做过尚方令，主管制造御用器物。在此之前，人们主要拿陶器器壁、龟甲兽骨、青铜器皿、丝绢布帛以及竹木片等来书写文字。西汉时期文化的发展，使得人们需要更加轻便的书写材料。蔡伦总结人们的经验，以树皮、麻头、破布、旧渔网等为原料，造出了质量更好的植物纤维纸，非常适于书写，当时的人们称其为“蔡侯纸”。造纸术是中国古代的“四大发明”之一，它的发明是中国人对世界文化的贡献。

☀ 党锢之祸

　　东汉和帝以下诸帝，继位时都是十来岁的小孩子，这造成了外戚宦官的交替专权。桓帝时，官僚知识分子如李膺、陈蕃等人，联合太学生（最高学府的学生）抨击朝政，反对外戚宦官专权及其为非作歹的行径。宦官反戈相击，诬告他们诽谤朝廷，结党营私，图谋不轨。166年，李膺等二百多"党人"被捕下狱，后被赦免归田，不许做官。灵帝时，外戚窦武启用党人，谋划诛杀宦官，事情败露。不久，在宦官的迫害下，李膺等百余人被下狱至死。又有六七百人被处死、流徙、囚禁。176年，又令党人的门生故吏、父子兄弟皆免官禁锢，并连及五族，这就是东汉的两次"党锢之祸"。

☀ 苍天已死，黄天当立

东汉末年，外戚、宦官专权，政治腐败，豪强地主疯狂兼并土地，农民大量破产流亡。民间宗教组织太平道首领张角秘密组织活动，十余年间便达到几十万人。他们提出"苍天已死，黄天当立，岁在甲子，天下大吉"的口号。184年，各地徒众举行起义，他们头裹黄巾，被称为"黄巾军"。起义军在各地杀官吏，烧官府，赈济贫民，数十日之间，天下响应。东汉统治者非常恐惧，招募军队前往镇压。起义军苦战9个月，终于因为缺乏训练和作战经验，被镇压了。黄巾起义沉重地打击了地主阶级，动摇了东汉王朝的统治。起义军失败后，余部继续战斗，坚持了二十余年。

曹操

曹操（155－220），字孟德，小字阿瞒，今安徽亳县人。三国时著名政治家、军事家、诗人。20岁时举孝廉。在镇压黄巾军起义中，曹操逐步壮大。192年，迫降青州30万黄巾军，编成"青州军"；196年，挟天子以令诸侯，在许昌屯田；先后击破袁绍，擒杀吕布；200年取得官渡之战的胜利，统一了北方；208年，率大军南下，赤壁之战大败而归；后被封为魏王。曹操在经济上兴屯田、修水利、抑兼并、推广农业生产技术、改革赋税制度，使统治区内的社会经济有所恢复和发展。在政治上唯才是举，抑制豪强，加强中央集权；此外，曹操在文学上也影响重大。

☀ 三国鼎立

　　自220年到280年，是中国历史上著名的三国鼎立时期。公元220年，曹丕取代汉献帝，建立了魏国，也叫曹魏，首都在洛阳，历经46年，265年，被司马炎以晋朝取代，地域主要在中原地区、西北地区。蜀，也叫蜀汉，221年由刘备在成都建立，地域主要包括西南、西北地区，261年被魏国灭亡，历经43年。吴，也叫东吴、孙吴。222年，孙权在建业（今南京）称吴王，229年称帝，地域主要在长江中下游地区，280年被西晋灭亡。三国时期是一个英雄辈出、群雄逐鹿的动荡时代。

☀ 八王之乱

这是西晋统治集团内部的争权残杀。先是惠帝妻贾后与辅政的杨骏争权。贾后杀掉了杨骏，用汝南王亮辅政。其后，她又指使楚王玮杀掉亮，独揽政权。300年，赵王伦攻杀贾后，废掉惠帝自立为王。这引起齐王冏、成都王颖等的联兵声讨，惠帝复位，专政。长沙王乂又攻杀，而河间王颙、成都王颖又攻杀乂，颖自己专权。东海王越又攻击颖，失败，颖乘机进入洛阳专持朝政。305年，越再度起兵，杀掉颙、颖，毒死惠帝，另立晋怀王，独掌大权。这场大乱持续有16年，中原的人民蒙受了空前的浩劫，经济、文化遭到严重破坏。

五胡十六国

　　西晋末年，天下大乱，各族人民纷纷起义，先后有5个少数民族，乘机起兵割据，逐鹿中原，建立了16个主要的政权。5个少数民族，即五胡，指匈奴、鲜卑、羯、氐、羌。304～439年，这5个少数民族先后建立了16个割据政权，即汉、前赵、后赵、前秦、后秦、西秦、前燕、后燕、南燕、北燕、前凉、后凉、南凉、北凉、西凉和夏，所以叫"十六国"。另有冉魏、西燕和北魏的前身代国，也都是同时出现的割据政权，但这三国一般都不列入16国之内。直到493年北魏统一北方，这一局面才告结束。

✺ 石窟胜景

随着佛教的传入和流布，从南北朝以来历代的一些帝王和贵族花费大量的人力、物力和财力，修建了许多佛寺佛塔，还开凿了不少石窟，其中以云冈、龙门、敦煌三大石窟最为著名，这些璀璨的佛教艺术，成为中国艺术中的一道独特的风景线。云冈石窟位于今山西大同西，依山开凿，东西绵延约1千米，现存洞窟53个，大小佛像5.1万尊。龙门石窟在洛阳城南，它处在峭壁上，长达1千米，现存佛洞1352个，造像10万尊，还保有历代造像题记碑刻3600余件。敦煌莫高窟，也叫千佛洞，位于敦煌城东南，长约2千米，现存洞窟492个，壁画4.5万平方米，彩塑2100尊。

✺《齐民要术》

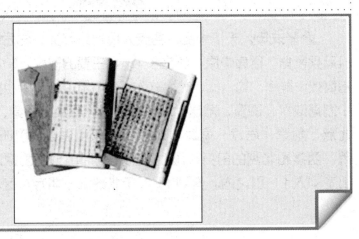

贾思勰，北魏农学家，今山东寿光人，曾担任太守一职。他广泛积累文献资料，于533～544年间写成《齐民要术》一书。全书由序、杂说、正文三大部分组成，共92篇，分成10卷，内容十分丰富，不仅有农作物的栽培种植技术，如播种、耕作、土壤、施肥、轮作、种子等，还有蔬菜作物的栽培，果树林木的培育嫁接和繁殖技术，蚕桑业、畜牧业、兽医、农产品加工和储藏等，可谓中国古代的百科全书。它不仅反映了北魏时期黄河流域的农业生产水平，而且系统地总结了从西周至北魏的农业生产的知识和经验，在中国和世界上都具有重要的地位。

科举制度

隋文帝杨坚废除九品中正制，采用科举制度选拔官吏，即以不同科目对学有专长的读书人进行考试，考试合格就取得做官资格，杨坚于587年设立志行修谨、清平干济两科。隋炀帝时开始设进士科。唐代设立秀才、明法、明书、明算等科。武则天亲自实行殿试，增加武举一科。由皇帝特诏举行的考试称制科。这些科中，只有进士科为常设的，也最为重要。宋朝以后用儒家经义取士。明朝开始，科举考试实行八股文格式，考试以《四书》、《五经》的文句为题，解释须以朱熹的《四书集注》为依据。1905年，清朝推行学校教育，1300多年的科举制度走到了尽头。

开凿大运河

为了巩固统治，加强对河北、江南等地的控制，也为了将财富源源不断地从江南运往洛阳和长安，从605年开始，隋炀帝，征集民众，利用天然河流和旧有的渠道，开凿了一条贯通南北的大运河。大运河分永济渠、通济渠、邗沟和江南河四段，以洛阳为中心，东北直达涿郡（今北京），东南到达杭州，贯通河北、河南、安徽、江苏、浙江、山东6个省，连接海河、黄河、淮河、长江、钱塘江五大水系，全长2500千米，是举世闻名的伟大工程。此后，大运河成为南北交通的大动脉，对南北经济的交流起了很大的作用。

隋末农民战争

隋炀帝的荒淫暴政和大规模的兵役徭役，致使田地荒芜，民不聊生。贫苦农民走投无路，相继起义。611年，王薄首先在长白山（今山东邹平南）起义。两年后，中原、陕甘、江淮等地到处都是反隋的义军。616年以后，起义军聚合成了3支强大的队伍，即河南的瓦岗军、河北的窦建德和江淮的杜伏威。他们各自为战，歼灭了隋朝的主力军，使隋朝的统治土崩瓦解。这时，刘武周、李渊等一些地方实力派也乘机割据一方。618年，隋炀帝被缢死，李渊乘机在长安称帝，建立唐朝，到628年，唐朝最终镇压了各地起义军，平定了各地割据势力。

贞观之治

李世民的继位使中国历史有了第二个黄金时代。唐朝初年，由于推行均田制和租庸调制，对农业生产的恢复起了积极的作用。太宗李世民即位后，吸取隋朝灭亡的教训，注意与民休息，避免竭泽而渔，任用贤良，积极纳谏，约束自己的欲望，从而保障了社会生产的恢复和发展。这样就出现了历史上的"贞观之治"。"贞观"是李世民在位时的年号，"贞观之治"表达着人们对太宗治理功劳的称颂。据历史记载，当时的社会欣欣向荣，繁荣有序，没有盗贼，牛马随便放养在野外，"道不拾遗，夜不闭户"。但后期的李世民有所退步。

☀ 一代女皇武则天

　　武则天（624-705），原名武曌，14岁入宫为唐太宗的才人，太宗死后，出家为尼。655年，被高宗李治立为皇后，逐步参与朝政，号天后，与高宗并称"二圣"。690年，武则天自己称帝，改国号为周。武则天当政期间，严厉镇压政敌，贬黜元老勋贵，任用酷吏，屡兴大狱，诛杀李唐宗室及大臣数千家，改革科举制度，初行殿试，首创武举，令官民自荐，重视农业，提倡佛教，使寺院经济迅速发展，晚年豪奢专断，颇多弊政。705年，李显复位，尊她为"则天大圣皇帝"。705年冬病死。今天陕西的乾陵，就是她的坟墓。坟墓前立着一块无字碑，此所谓"千秋功罪，任人评说"。

☀ 开元之治

　　710 年，李隆基联合姑姑太平公主发动政变，诛杀韦后，拥立父亲睿宗即位。后又先发制人，赐死太平公主。712 年李隆基登基，改元先天，次年改元开元。自此始，唐朝进入了长达 40 余年的鼎盛时期。即位之初，李隆基提倡节约，励精图治，任用姚崇、宋璟相，振兴生产，治理灾害，改革武则天以来的弊政，使得社会经济大为发展，呈现出非常繁荣的景象，史称"开元之治"。晚期李隆基任用李林甫、杨国忠等执政，致使官吏贪贿，政治腐败；自己又喜好声色，奢侈荒淫，宠爱杨贵妃，荒疏朝政，以致最终酿成"安史之乱"。开元之治的荣光毁于一旦。

☀ 牛李党争

　　唐穆宗至唐宣宗时期（821－859），朝臣间出现牛李两党之争。牛党以牛僧孺、李宗闵为首，主要是一群经由科举考试出身的官僚组成；李党以李德裕为首，以经由官僚门第出身的官员为主。穆宗时，牛僧孺曾经一度担任宰相，李德裕就被派出为浙西节度使。文宗时，李德裕担任川西节度使，接受维州吐蕃副使归顺唐朝，但作为宰相的牛僧孺却遣送他回吐蕃。唐武宗即位后，李德裕升任宰相，李宗闵被贬死，牛僧孺也被罢黜。宣宗时，牛党又得势，李党就全部遭到罢斥，李德裕被贬到崖州（今海南）。牛僧孺还朝后就病死了。两党背后都有宦官势力的支持。

安史之乱

　　胡人安禄山因为战功得到李隆基的器重。755年，安禄山以杀奸臣杨国忠为名，在范阳（今天的北京）起兵造反。他们一路势如破竹，很快就攻下了洛阳。李隆基仓皇逃出长安。太子李亨借回纥兵，757年收回了长安洛阳。不久，本来已经投降唐朝的安禄山的部将史思明，又开始叛乱。直到763年，叛乱才全部平息。两次叛乱持续7年。无论是叛兵还是政府兵，兵锋所至，人民遭殃之极。黄河流域数百千米，残存的人民，用纸张糊成衣服，苟延残喘。"风流总被雨打风吹去"，积聚百余年的繁荣和富裕被这场战乱折腾殆尽，化成往事，唐朝从此走向衰落。

藩镇割据

节度使一职最初由唐睿宗设立。唐玄宗时期，各个重要的军事重镇分别设立了节度使。安史之乱就是节度使发动的。他们掌握着境内的军政大权，扩充军队，委派官吏，征收赋税，成为独霸一方的独立王国。节度使的职位，或是父子相继，或者传给部将。到9世纪初，藩镇发展到40多个，形成了"天下尽裂于藩镇"的局面。藩镇之间或互相攻伐，或联合反唐。唐王朝虽然多次试图削弱藩镇，但没有多大的效果。这种封建割据的局面一直延续到五代十国，将近两个世纪。人民因此遭到连绵的兵祸和残酷的剥削。直到北宋初期，这个局面才得以结束。

唐末农民大起义

874年王仙芝率领数千人在长垣（今属河南）起义。875年，黄巢在曹州起兵响应。两支起义军合在一起，转战各地。876年，王仙芝战败牺牲，余部投奔黄巢，推举他为领袖，号冲天大将军，年号王霸，人数发展到10多万人。接着起义军挥师南下，879年，占领广州，队伍有百万之众。此后，起义军回军北伐，881年进入长安。黄巢即皇帝位，国号大齐，年号金统。但唐军很快又包围长安，大将朱温投降。黄巢被迫撤出长安。884年，起义军兵退泰山，战斗失败，黄巢自杀。这次战争，历时10年，给唐王朝以沉重的打击，从此唐王朝名存实亡。

☀ 五代十国

　　公元907年，唐朝土崩瓦解，朱温取代唐朝称帝，建立梁。中国历史再次进入了分裂割据的动乱时代。在以后的50余年中，在中国的黄河流域，相继建立了后梁、后唐、后晋、后汉、后周五个朝代，史称五代。同时在中国的南部和山西地区，先后出现了吴、南唐、吴越、楚、闽、南汉、前蜀、后蜀、南平、北汉等十余个政权，史称十国。五代十国时期，北方政局动荡，战乱频仍；南方相对稳定，社会经济得到了一些发展。后周建立后，周世宗柴荣进行了一系列的改革，为以后北宋统一全国奠定了基础。到979年北宋灭亡北汉，五代十国的分裂局面才最终结束。

☀ 陈桥兵变，黄袍加身

赵匡胤（927－976），涿州（今河北涿州）人，最初投到郭威帐下，帮助郭威取代后汉，建立后周，被重用为殿掌禁军。周世宗郭荣时，升任殿前都检点（皇家陆军元帅），掌握着兵权。郭荣死后，7岁的儿子郭宗训即位。显德7年，960年，在亲信赵普、石守信等人的策划下，赵匡胤借口契丹军队南下进犯，率领军队从大梁（今河南开封）出发，北上防御。大军走到大梁东北10千米的陈桥驿安营扎寨，第二天黎明，部下将早已准备好的只有皇帝才能穿的龙袍披到赵匡胤身上。这样，赵匡胤就以皇帝身份返回大梁，郭训宗只好退位。后周灭亡，宋朝开始。

杯酒释兵权

　　961年，接受宰相赵普的建议，为防止再出现黄袍加身的事件，赵匡胤召集石守信等最亲密的将领宴会，酒酣耳热时，赵匡胤许以高官厚禄、安享富贵，暗示众将领放弃兵权。众将领恍然大悟，第二天都上表说有病在身，请求解除兵权，赵匡胤当然全部同意。969年，用同样的手段，赵匡胤解除了王彦超等节度使的兵权。自唐朝中期以来炙手可热的"节度使"官称，从此退出了历史舞台，藩镇割据的历史结束了。杯酒之间解决了不断兵变和改朝换代的祸根，这是赵匡胤政治智慧的体现。当上皇帝而没有鸟尽弓藏、兔死狗烹，这是赵匡胤受到人们称道的一面。

🌟 王安石变法

　　北宋中叶，土地兼并激烈，社会矛盾尖锐，庞大的军费、官俸开支及每年给辽和西夏的大量银绢造成了严重的财经困难。1070 年，神宗任命王安石为宰相，实行变法。王安石（1021－1086）是一个杰出的政治家、文学家和思想家，著名的"唐宋八大家"之一。王安石变法的主要内容是实行农田水利法、青苗法、募役法、方田均税法、置将法、保甲法、改革科举、整顿学校等等。新法推行了十几年，取得了一些成就，发展了农业生产，减轻了农民负担，增加了国家的财政收入和军事实力。但是变法遭到了司马光等保守派的强烈反对。宋神宗死后，新法被废除。

🌟 印刷术的革新

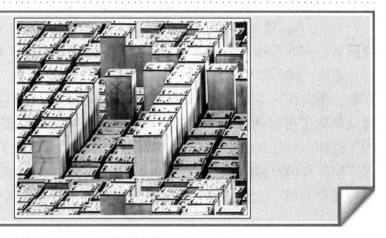

北宋年间，毕昇在雕版印刷术普及的基础上，发明了活字印刷术。他先用胶泥刻字，每个字一个印，字面凸出，用火烧硬，制成字印；另设有铁板，上面敷着松脂、蜡和纸灰等混合的黏胶物。印刷时，将一个铁框放置在铁板上，在框中排列胶泥活字，制成一版；再用火烤版，使得黏着熔化，并用另一平板把字面压平，冷却后即可以上墨印刷。用完后加热，即可将活字拆下。此外，毕昇还研究用木活字印刷。活字印刷术既经济，又节省时间，开辟了印刷术的新纪元。促进了文化交流和传播。活字印刷术首先传入东亚国家，后来传入欧洲。毕昇的活字印刷术比欧洲早400年。

《资治通鉴》

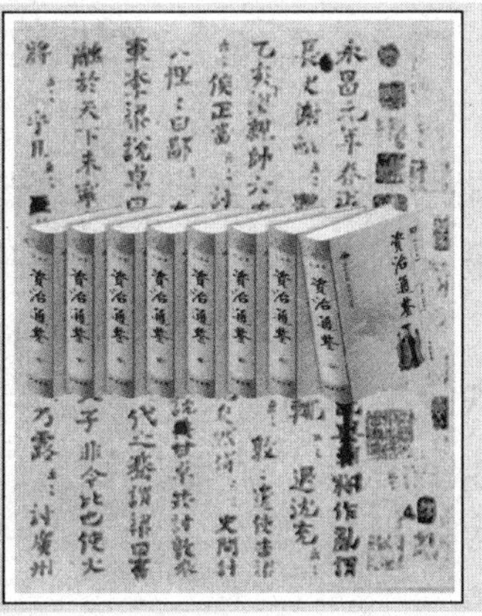

这是北宋司马光编撰的中国第一部编年体通史，从1066年到1084年，历时19年。编撰完成全书294卷，另有考异和目录各30卷，记录了从公元前403年到959年，共1362年的历史。内容以政治、军事为主，略有些经济、文化。书名叫“资治”，就是为了让统治者从历代的治乱兴亡中，取得治理国家的借鉴。该书取材丰富，考证详细，结构完整，吸取了纪传体史书的优点，避免了编年体史书的弊端，对于重大的历史事件，不再是分散在很多地方，因而赋予了编年史体以新的生命力，这对于后来的史学有很大的影响。

☀ 东京保卫战

　　宋朝名臣李纲是李唐的宗室。他一生忧劳国事，坚决主张抗金，屡遭贬谪打击，其志不改。1125 年冬，金军长驱南下，直逼开封。李纲建议徽宗传位于太子赵恒，即后来的钦宗，以号召军民抗金。李纲作为尚书右丞、东京留守，组织军民守城，并亲自登城督战，最后击败攻城的金兵。但钦宗罢免了李纲，对金求和。这激起了军民的愤怒，陈东率领数百太学生上书，要求坚决抵抗，并有数万军民包围王宫，斥责投降派的宰相李邦彦，打死宦官数十人。钦宗被迫再用李纲守城，其时各地勤王军队不断来援。在钦宗答应割让太原、中山、河间三镇后，金军北还。

☀ 靖康之变

1126年10月，金兵分东西两路再度南下，很快攻克太原、真定，围攻东京（今开封），宋钦宗用郭京"遁甲法"守城，不久城破。12月初二，钦宗奉上降书，正式向金投降。1127年，金人扶持张邦昌成立傀儡政权。4月1日，金将完颜亮、宗翰带着俘虏扣留在金营的宋徽宗和宋钦宗、皇家宗室、后妃、宫女等3000多人，大肆搜刮东京各府库及官民所得来的财物，以及教坊乐工、技艺工匠、携带法驾、仪仗、冠服、礼器、天文仪器、珍宝玩物、皇家藏书、天下府州县的地图北去。北宋由此灭亡。其后，徽宗、钦宗被囚禁于金统治区，饱受折磨，客死异乡。

岳家军

"怒发冲冠，凭栏处，萧萧雨歇，仰天长啸，壮怀激烈……靖康耻，犹未血，臣子恨，何时灭……"一曲《满江红》，写尽了英雄的气概和悲愤。这就是岳飞（1103－1142）——字鹏举，河南汤阴人，农家子弟出身，中国人千古忠烈的典型和化身。靖康之难后，金军在兀术率领下挥兵南下，岳飞坚决主张抗战，屡立战功。他所率领的军队，被称之"岳家军"。"岳家军"纪律严明，有"冻死不拆屋，饿死不掳掠"之称；"岳家军"英勇善战，金国人有"撼山易，撼岳家军难"的说法。正当"岳家军"有效地打击了金军时，主和的高宗、秦桧却连发12道金牌，召回了岳飞。不久，岳飞就被秦桧以"莫须有"的罪名陷害致死。

ok

☀铁骑下的大帝国

　　1206 年，铁木真，即成吉思汗，建立了蒙古汗国。从成吉思汗到窝阔台到蒙哥，蒙古铁骑浩浩荡荡，所向披靡，相继攻灭了中国版图上的西辽、西夏、金、大理，还控制了吐蕃。与此同时，成吉思汗及其子孙部下，还积极地东征西伐，四处扩张，先后建立了 6 个汗国，即元帝国、吐蕃帝国、察合台汗国、窝阔台汗国、钦察汗国、合伊尔汗国，形成了一个横跨欧亚大陆，从太平洋南岸直到多瑙河，面积约 3000 万平方千米的蒙古大帝国。其中元帝国由忽必烈创立于 1271 年，都城定在大都（今北京）。1368 年，朱元璋攻占大都，元朝灭亡。

☀蒙古征战欧洲

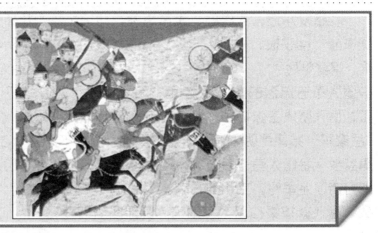

1241 年4 月9 日，来自鞑靼地区的蒙古骑兵在波兰击溃了一支精锐的条顿骑兵队伍，并残忍地割下每位士兵的一只耳朵作为胜利品。在一个月的时间里，蒙古铁骑横扫从维斯瓦河到德国之间的广大地区。蒙古对欧洲的征战开始于1223 年，1227 年成吉思汗去世后曾经停止，1229 年成吉思汗的儿子窝阔台任大汗，开始了对欧洲的新一轮征战。1236 年，窝阔台命令拔都西征，军队曾深入到欧洲中部。剽悍的蒙古骑兵曾进到亚得里亚海，接近威尼斯。蒙古人用铁蹄创造了他们的辉煌和鼎盛。直到今天，欧洲人仍然知道成吉思汗。

四等人制

为了巩固蒙古贵族的统治，蒙古贵族实行种族歧视政策，将统治区的人民，分为四个等级。地位最高的是蒙古人；其次是色目人，意思是肤色和眼睛不同的人，包括西域各族和原来的西夏人；第三等的是汉人，包括原来金国统治区内的汉族和其他各民族，如女真、契丹、高丽等民族；第四等人是南人，即南宋遗民，地位最低下，指那些原来在南宋统治区内的汉族及其他各族。在选用官吏及定罪量刑上，因为等级不同而有所差别。当然，实际的社会生活中，汉族也有担任官职的、富贵奢华的，蒙古族也有破产流亡的，还有沦为奴隶的。

☀ 元曲

　　作为元代文学艺术的代表，元曲与唐诗、宋词并称，在文学史上享有崇高的地位。它是杂剧和散曲的合称，两者都使用当时流行的北曲；它将歌曲、宾白和舞蹈结合在一起，是一种综合艺术。见于史籍和文献记载的杂剧名目有600余种，现存200余种。杂剧作家200人左右，前后期的活动中心分别是大都、杭州。著名的杂剧作家、散曲作家及其代表作品主要有，关汉卿的《窦娥冤》、王实甫的《西厢记》、马致远的《汉宫秋》、白朴的《墙头马上》，还有郑光祖、宫天挺、张养浩、张可久等。其中关汉卿、马致远、郑光祖、白朴被誉为"元曲四大家"。

☀ 从牧童到皇帝

朱元璋，濠州钟离人（今安徽凤阳）人，出身贫农，做过牧童，当过和尚，1352 年参加红巾军，为郭子兴所器重。韩林儿建立宋政权后，被授予左副元帅。1356 年，攻占南京后，改名应天，实行屯田，接受朱升"高筑墙，广积粮，缓称王"的建议，壮大自己的实力。相继击败陈友谅、杀害韩林儿、消灭方国珍和陈友定等，并以主力北伐中原。1368 年，建都应天，国号明，年号洪武，同年，攻克了元朝的都城大都（今北京），以后逐步统一全国。在位期间，进行了一系列社会改革措施，巩固中央集权，为明朝近 300 年的统治奠定了基础。

靖难之役

朱棣是朱元璋的第四子，最初被封为燕王，镇守北平，有计谋才略，曾大败元将乃尔不花。朱元璋死后，王位传给了孙子朱允文，即历史上的建文帝。建文帝采用大臣的削藩建议，削夺自己那些作为藩王的叔叔伯伯的势力。又废削了 5 个王后，1399 年，朱棣以"清君侧"（为皇帝清除身边的坏人）为名起兵，自称"靖难"。建文帝派兵北伐，都被打败。1402 年，朱棣的军队攻破京师（今南京），夺得帝位，改年号为永乐。这就是历史上的明成祖。建文帝死于皇宫。另一种说法是建文帝逃亡，郑和下西洋就是要追寻建文帝的下落。

🔆 郑和下西洋

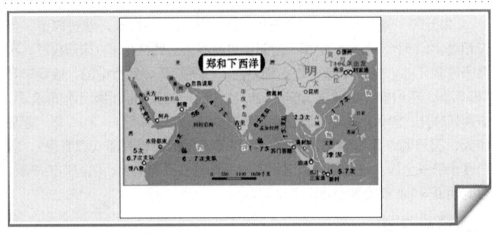

　　郑和本姓马，回族，小字三保，世称三保太监，因为参加"靖难之役"有功，被提升为官监太监，赐姓郑。1405年，郑和率领27800余人从苏州刘家港（今江苏太仓东刘河镇）出发，远航西洋。其后，郑和又于1407年、1409年、1413年、1417年、1421年、1431年，共6次出海远航，前后28年，经历30多个国家和地区，最南到爪哇，最远到波斯湾和红海的麦加，最西到非洲东海岸的木骨都束（今索马里）。郑和七下西洋，促进了中国和亚非各国的经济文化交流，比哥伦布和达·伽马的航行早半个世纪，是世界航海史上的壮举。

🔆 永乐迁都

朱棣原来被封为燕王，留守北平（也就是北京）。他在此治理了30余年，统治比较稳定。朱棣在南京即位后，就准备迁都。1403年，他下诏改北平为北京；迁徙直隶、苏州等十郡、浙江等九省的富户近4000家到北京；派遣官吏分别到四川、湖广、江浙、山西等地采集木料，兴建宫殿；命令官员整修运河，使之畅通，诏令群臣商议营建北京，等等。1421年，经过十余年的苦心经营，北京庙宇宫殿等建筑完工。1422年正月，朱棣在北京御奉天殿接受百官朝贺，举行祭祀大典。迁都结束。今天的北京皇城，就是在明朝的基础上，经过清代的发展而成的。

《永乐大典》

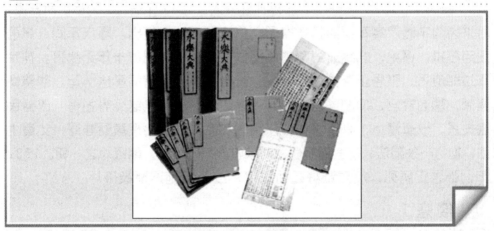

中国最大的一部类书。明成祖朱棣命解缙等儒臣文士共2000人编撰而成。开始于1403年，完成于1409年。全书共22 937卷（包括目录凡例）装成1.109 5万册，编辑了经、史、子、集、释藏、道经、戏剧、平话、工艺、农艺等图书达7000～8000种。这部类书，篇幅之大，搜罗之广，缮写与装潢之精美，在当时的世界文化之林里是无与伦比的。该书先后抄录了正副两部，正本已经被烧毁，副本曾散失了一部分，在英法联军（1856年）和八国联军（1900年）侵入北京时，两次被帝国主义强盗焚毁劫掠，目前存于国内外的仅有300余册。

❂ 张居正改革

张居正（1525－1582），今湖北江陵人，1547年进士，为徐阶所器重。后来因为不满严嵩专权而托病家居。徐阶任首辅后复出。隆庆年间，张居正与高拱、谭纶、戚继光等整顿北部武备，使得北部数十年无战事。神宗年幼即位后，张居正夺得首辅大权，开始改革，主持国事达十年。他整饬官僚，惩治贪官，抑制宦官势力，加强边备，重用戚继光等名将，改善民族关系，改革漕运，兴修水利，任用水利家潘季驯治理黄河淮河，丈量土地，推行一条鞭法，这些措施使得财政收入有所改善，朝政为之一新。1582年，张居正病死，反对派群起而攻之，改革措施逐渐被破坏。

❂ 倭寇

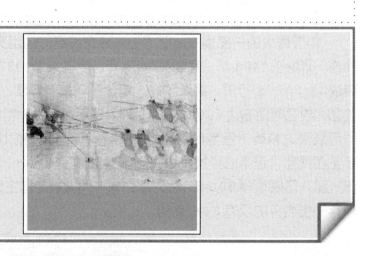

　　倭寇就是日本海盗。因日本古称倭奴国，所以得名。元朝末年，日本进入分裂时期，内战中的残兵败将、海盗商人及破产农民流入海中成为海盗。1419年，明朝曾歼灭数千来犯的倭寇，这使得倭寇有所收敛。明正统、嘉靖年间，倭寇又卷土重来，倭患日重。倭寇在江浙、福建、广东等沿海地区，烧杀抢掠，攻占城池，肆无忌惮，仅江浙民众被杀者就有数十万人。倭寇们还相互火拼，争夺贸易和地盘，更与地方官吏和劣民勾结，聚众为非。明朝朝野为之愤慨。东南沿海军民在谭纶、戚继光、俞大猷等的领导下，浴血奋战，抗击倭寇，到1565年基本解除了东南倭患。

厂卫风云

　　厂卫是明代东厂、西厂和锦衣卫的合称。锦衣卫设立于朱元璋时期的1382年，最初是护卫皇宫的亲军，后来被授予刑狱、巡查和缉捕等权力。1420年，朱棣设立东厂，开宦官干政之先河。东厂从事特务活动，诸事直接报告皇帝，权力在锦衣卫之上。明宪宗1447年增设西厂，人员和权力都超过东厂，活动范围自京师遍及地方，后因为遭到反对而撤销，明武宗时宦官刘瑾专权，又一度恢复，直到刘瑾被诛杀后才撤销。厂卫作为皇帝个人的特务机构，适应和满足了他们及宦官们加强专制的要求。厂卫徒众横行天下，滥用刑罚，残害忠良，致使人人自危，令人发指。

✸ 阉党

　　明朝宦官专权十分猖獗，人们把依附于宦官权势的官僚所结成的政治党羽叫做阉党。英宗时的王振、宪宗时的汪直、武宗时的刘瑾，都曾罗织党羽，篡夺权力，排斥异己，广收贿赂，还多次兴起大狱、冤狱。明熹宗时期，魏忠贤专权，形成了明朝最大的阉党集团。其成员内有太监，外有从中央内阁六部到地方巡抚总督的官员，其中包括"五虎"、"五彪"、"十孩儿"、"十狗"、"四十孙"等死党。他们内外勾结，扩大权势，残害反对派，残酷地迫害了东林党，致使政治极端黑暗腐败。崇祯即位后，诛杀了魏忠贤，追查阉党，但未能完全根除阉党之害。

✸《本草纲目》

明朝医学家李时珍所著的一部伟大的药物学著作。李时珍继承家学，喜读医书。他认为历来的药物书有很多谬误，立志要自己写一本本草书。他经过27年的努力，三次修改，终于写成了《本草纲目》。全书分为52卷，列16部，每部又分若干类，共计60类，每类下列出所属药物，共收集中药1892种，由李时珍增加的有300多种；集历代临床验方1.1096万个，其中8100多个为新增加的；书中还附有插图1000多幅。书中对每种药物的名称、性能、用途和制作都做了说明，并订正了历代相沿的某些错误。这本书对后世药物学的研究和发展起了重大的作用。

万里长城

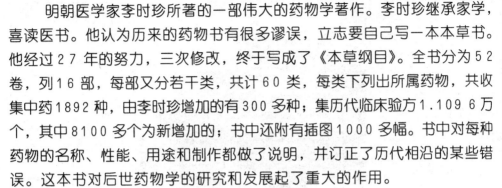

长城是古代的军事防御工事，起始于春秋时的楚国。战国时，为阻止匈奴南下，秦赵燕三国分别修筑长城。秦统一六国后，将三国的长城连贯为一，西起临洮，东到辽东。此后历代都对长城改线重建。尤其是明代，为防御鞑靼和瓦剌的侵扰，利用秦、隋、北魏、北齐长城的旧城，先后18次加修了长城。它西起嘉峪关，东到鸭绿江，横贯甘肃、宁夏、陕西、山西、内蒙古、河北、北京、天津、辽宁，全长6350多千米，故名万里长城。这是中国历史上规模最大的长城，也是保存最完整、最坚固、最雄伟的长城遗址。我们今天所见到的长城主要都是明朝修建的。

☀ 东林党风雨

　　明朝熹宗年间，宦官魏忠贤专政，政治腐败，赋税徭役繁重，社会积弊深重。以无锡人顾宪成为首的一批士大夫，修复宋代的东林书院，以讲学为名，议论朝政，抨击当权派，得到朝野士大夫的附和，而被称之为"东林党"。他们反对宦官把持朝政，反对矿监和税监的疯狂掠夺，主张开放言路，实行改良，遭到魏忠贤及其党羽的残酷迫害，一批忠贞之士，如杨涟、左光斗、周朝瑞、高攀龙、缪昌期、周顺昌等，都先后惨遭杀害。"风声、雨声、读书声，声声入耳；家事、国事、天下事，事事关心"，这是东林书院的对联，由此我们不难想见他们的心胸、抱负和理想。

☀ 明末农民起义

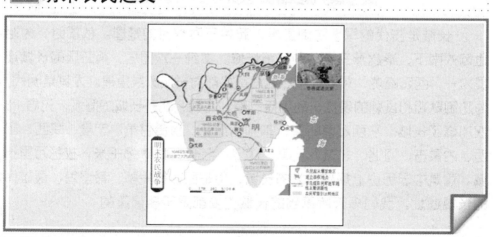

明朝后期，土地因兼并而高度集中，赋税繁多，加上连年的自然灾害，大量农民流离失所，无以为生。陕北地区多年大旱，人民生活在水深火热之中。1627 年，王二首先起义，农民军风起云涌，有36 营之多。1633 年，他们进入中原。1635 年，农民军13 家72 营首领在河南荥阳举行大会，共商反明战略。在以后的斗争中，比较有实力的主要有李自成和张献忠两部。李自成建立了大顺政权，张献忠建立了大西政权。1644 年，李自成攻占北京，明朝灭亡。1645 年、1646 年，李自成张献忠相继逝世。满清入关后，农民军转入抗清斗争。

煤山自缢

1627 年，19 岁的朱由检即位，这就是崇祯帝。即位后，崇祯立即诛杀了魏忠贤，罢黜阉党，勤于政务，殚精竭虑，大有励精图治、中兴家国之志。但是，因为长期以来的宦官专权、官僚腐败、与后金战事连连等天灾人祸，明朝已经病入膏肓，气息奄奄，无起死回生之力了。此外，崇祯情绪多变，疑心太重，到头来又宠信宦官，中了皇太极的反间计，冤杀大将袁崇焕。1644 年，李自成的军队攻破北京。崇祯帝众叛亲离，在杀死了妻子和女儿后，逃到煤山（今北京景山公园）上吊自杀。

扬州十日和嘉定三屠

　　中国自古就信奉所谓的"华夷之辨"，因而少数民族想要统治中原，就难上加难。蒙古统一中原，打了几十年硬战，但是才统治90余年就被赶回大漠去了。金国费尽九牛二虎之力，也未能如愿以偿。满清入关后，也曾遇到过汉族的顽强抵抗。抵抗失败之后，当然难免血腥的屠杀。1645年，清军多铎部攻到扬州，史可法率军民坚守抵抗，城破后，清军入城屠杀劫掠了10天，史称"扬州十日"。同在这一年，在嘉定（今属上海），清军分别在阴历七月初四、七月二十七、八月十六三次屠杀反清的义兵，史称"嘉定三屠"。政治不是温情脉脉的，它是血火纷飞的。

留头不留发，留发不留头

清朝入关后，就开始强迫所有汉人剃发。可是汉人历来的传统是"身体发肤，受之父母"，是绝对不能削断的，否则就是不孝，而且汉人还认为这种发型太难看，因而难于接受。这样，剃发令就遇到了很大的阻力。顺治元年（1644年），清政府一度颁布剃发令，因为人心不服，暂缓执行。次年，攻下江南，重新颁布此令，规定凡清兵所到之处，限10日内全部剃去前半部分头发，后半部分实行满族习俗，削发垂辫，而且，"留头不留发，留发不留头"，违抗者死。汉人纷纷起来反抗，一些地方曾立下"头可断，发不可剃"的誓言，但这些反抗都遭到了残酷的镇压。

郑成功收复台湾

郑成功，福建人，曾被明朝隆武帝赐姓为朱，改名成功，号"国姓爷"。1646年，清兵进入福建，他以金门、厦门为根据地，起兵反清。战败后，郑成功决定收复台湾作为自己长期的抗清基地。1661年3月，郑成功率领2.5万官兵，大小战舰数百艘，渡过台湾海峡，打败荷兰侵略军。1662年，攻占了台湾府城（今台湾台南市），荷兰殖民总督被迫出降，被荷兰殖民者占据近40年的台湾终于被收复。随后，郑成功即着手建立政权，整顿军纪，安定社会，实行军屯，推广大陆的先进生产技术，促进了台湾的经济发展。

🌟 三藩之乱

　　吴三桂、耿仲明、尚可喜原来都是明朝的将领，投降清朝后，先后进占了广东、四川、云南和贵州，并分别被清朝封平西王、平南王、镇南王，其中耿仲明子耿继茂世袭，时称"三藩"。后来他们逐渐成为割据势力。1673年，清政府下令撤藩，吴三桂随即叛乱，攻陷四川、湖南，声势浩大。接着，耿继茂之子耿精忠、尚可喜之子尚之信起兵响应，陕西、贵州等处巡抚也相继反叛，但这些叛乱最后都被清兵平息。1678年，吴三桂在今衡阳称帝，不久病死，其孙吴世璠即位，1681年，清军攻破昆明，吴世璠兵败自杀。至此，延续15年之久的三藩之乱结束。

🌟 康乾盛世

康熙帝，姓爱新觉罗，名玄烨。1661年8岁即位，在位61年。先后平定三藩之乱，攻占台湾，打击沙俄侵略军，平定葛尔丹叛乱，治理黄河，开博学鸿词科、明史馆，编撰《古今图书集成》、《康熙字典》等。乾隆帝，名弘历，1735年即位。他继续对西北用兵，平定叛乱，推行雍正时期的“摊丁入亩”，六次南下巡游，挥霍无度，晚年任用和珅为相20年，大长贪污之风，致使政治更加腐败，社会矛盾激发。清朝自康熙帝、经雍正帝到乾隆帝的100余年里，政治较为清明，社会经济逐步恢复，人口不断增长，出现了比较繁荣的局面。史称“康乾盛世”。

《四库全书》

1772年，安徽学政朱筠建议广征民间遗书，进行编辑。乾隆采纳了他的建议，于次年正式设立四库全书馆，开始编辑《四库全书》，经过10年最终完成。这是中国历史上规模最大的一部丛书。全书按照西汉以来历代沿用的经、史、子、集四部分类法编撰，所以称“四库全书”。此丛书每大部下又分若干类，类下又细分为属，共收书3503种，7.933 7万卷，3.630 4万册。该书没有刻印，共抄录7部，分别储藏在“北四阁”，即文渊阁、文源阁、文溯阁、文津阁，和“江浙三阁”，即文宗阁、文汇阁、文澜阁，各处又藏抄本一部。其中3部后来毁于战火。

❂ 文字狱

　　文字狱，顾名思义就是因为文字的缘故所构成的罪案。在君主专制的时代里，统治者为了巩固自己的统治，打击反对派，实行文化专制和思想专制，往往从人们的奏章、书札、著作甚至言语中摘取片言只语，罗织罪名而制造冤案。文字狱自古就有：秦朝的"焚书坑儒"，宋代的"乌台诗案"，明朝朱元璋也曾大兴文字狱。但文网之密、数量之多、规模之大、持续时间之长的，要数清朝的康熙、雍正和乾隆三朝。这三朝共有七八十起大大小小的文字狱事件，比较著名的有《明史》案、戴明世《南山集》案、吕留良案、胡中藻案等。文字狱残害了文化人，更摧残了文化。

❂ 鸦片战争

从18世纪后期开始，英国为改变对华贸易中的逆差，向中国大量销售鸦片，致使中国烟毒泛滥，白银外流，银价飞涨，财政困难。1838年道光帝决定禁烟，派林则徐赴广州办理禁烟事宜。1939年4、5月间，林则徐在虎门海滩当众销毁鸦片118.5万千克。随后，英国正式决定出兵中国。1840年6月，英国舰队开到广东海面，封锁珠江口，鸦片战争正式爆发。其后，经过一年多的交手，1842年春，英国攻占吴淞、上海、镇江，进逼南京，迫使清政府签订了中国近代的第一个不平等条约——《南京条约》。鸦片战争以中国的失败结束，中国从此沦为半殖民地半封建社会。

☀《南京条约》

　　中国近代史上的第一个丧权辱国的不平等条约。1842年8月29日，由清政府钦差大臣耆英、伊里布和英国代表璞鼎查在南京签订，又叫《江宁条约》。其主要内容是：中国赔款给英国2100万元；割让香港给英国；开放广州、福州、厦门、宁波、上海五处通商口岸；英商应纳出口税、饷费，数量交由中英两国共同商定，不得随意更改；废除共行制度，允许英商和华商自由贸易。1843年，又签订《五口通商章程及说明》、《虎门条约》作为《南京条约》的附件，英国取得了领事裁判权和片面最惠国待遇等权利。这些内容极大地损害了中国主权和领土完整。

🔆 第二次鸦片战争

　　1856年10月，英国以"亚罗号事件"为借口进攻广州，正式挑起战争。1857年，法国借口"马神甫事件"，与英国组成联军。美国、沙俄声明支持英法。1858年5月，英法联军攻下大沽炮台，进逼天津。清政府被迫议和，与四国签订了《天津条约》，与沙俄签订《爱珲条约》。1859年，英法以换约为借口，进攻大沽炮台，但遭失败。1860年6月，英法卷土重来，相继攻占北塘、大沽和天津。9月咸丰帝逃往热河行宫，委派其弟奕䜣与侵略军议和。10月，侵略军进占北京。清政府与英、法、俄签订了《北京条约》，外国对中国的侵略加深了。

🔆 火烧圆明园

圆明园是清代的皇家花园。自康熙年间即开始营建，1750年，乾隆又在此兴建清漪园。经过100多年的经营，圆明园已经建成为一个精美绝伦的古典园林，以至有"万园之园"的美誉。它风景秀美，山水相宜，楼台殿阁、庙宇亭榭风格独具，杂糅中西；人工山水、园林布局博采众长。其中还藏有大量皇家历代相传的稀世典籍、书画、古玩、珍宝等，是一座名副其实的文化艺术宝库。1860年，英法联军侵入院内，大肆抢掠之后将之付之一炬，这一世界名园被焚毁无遗。

 太平天国革命

鸦片战争之后，中国的社会矛盾更加激发。1843年，洪秀全创立拜上帝教，组织反清力量，1851年，洪秀全在广西桂平金田村起义，建立太平天国，自称天王。他们从广西进入湖南、湖北，在攻破武昌后水路并进，沿江东下，攻克南京，改南京为天京，定为都城。定都之后，进行了一系列的改革，组织了北伐和西征，北伐由于孤军深入而遭失败，西征取得了辉煌胜利。1856年，因为权力争夺，发生了"天京事变"，太平天国一蹶不振。坚持到1864年，天京被"湘军"攻破，太平天国运动彻底失败。波澜壮阔的太平天国前后14年，纵横18省，给衰朽的清王朝以沉重的打击。

☀ 天京事变

　　建都天京后，洪秀全日益腐化奢华，杨秀清独揽军国大权，专横跋扈。1856年8月杨秀清逼迫洪秀全封他为"千岁"。洪秀全假意答允，随即密诏韦昌辉、石达开回京勤王。9月1日夜，韦昌辉领兵3000回京，包围东王府，残杀杨秀清及其部属。石达开回京后，谴责他滥杀无辜，于是韦昌辉又想杀石达开。石达开连夜缒城逃走，但全家被杀害。其后，韦昌辉又围攻天王府，最终被洪秀全捕杀。此后，石达开应诏入京主持政务，却被洪秀全派来的两个哥哥牵制。石达开一气之下，率领部下精锐20万人出走。这就是"天京事变"，它使太平天国元气大伤，并因此由盛转衰。

☀ 坚船利炮强国梦

第二次鸦片战争后，一些开明务实的官僚认为，必须学习西方的"船坚炮利"，才能维护摇摇欲坠的清朝统治。当时以总理各国事务衙门为推行洋务的总机关，代表人物在中央有奕䜣、文祥；在地方有曾国藩、李鸿章、左宗棠、张之洞等人。洋务运动以"中学为体，西学为用"为指导思想，前期口号是"自强"，重点在军事工业；后期是"求富"，主要投资民用工业。洋务派不仅向外国购买枪炮战舰，还创办了一系列近代军事工业和民用工业，此外，他们还积极培养办洋务的翻译人才和科技人才，派遣学生出国留学。19世纪90年代，甲午战争的失败显示了洋务运动最终失败。

中法战争

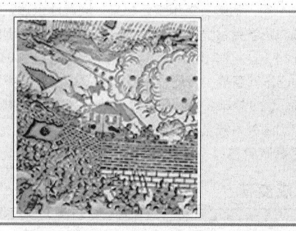

19世纪70年代，法国开始以越南为跳板，向中国西南边境扩张。1883年8月，法国吞并越南，并继续北犯中国，12月开始进攻中国军队。1884年6月法国进攻谅山的中国驻军，8月进犯台湾基隆、猛攻福建马尾军港。8月26日清政府被迫宣战。战事持续中，中法各有胜负。1885年3月，老将冯子材在镇南关大败法军，取得谅山大捷，同时刘永福的"黑旗军"也大获全胜。这些胜利扭转了战场形势，促使法国茹费理内阁倒台。清政府却无耻地妥协议和，授意李鸿章与法国签订了屈辱的《中法新约》，从而造成了中国不败而败，法国不胜而胜的局面。

中日甲午战争

　　明治维新后，日渐强大的日本妄图占据朝鲜，并以此为跳板侵略中国。1894 年，朝鲜发生东学党起义，向清廷求援，日本乘机出兵朝鲜并占据汉城。东学党起义被平息后，日本拒绝中国提出的中日同时撤兵的建议。7 月 25 日，日本击沉中国运兵船"高升号"，1000 余军士死难。8 月 1 日，中日正式宣战。其后日本发动了平壤战役、黄海大海战，攻占了大连、旅顺。1895 年 2 月，日本攻占刘公岛，北洋舰队全军覆没。同时，6 万湘军在山海关一线全线崩溃。清廷乞求和议不成，3 月李鸿章去日本和谈，最后清政府签订了丧权辱国的《马关条约》。

戊戌变法

甲午战争失败后，民族危机空前严重。以康有为、梁启超为首的一批知识分子，积极谋求维新变法，实现资产阶级君主立宪制度。1895年6月，康梁领导了"公车上书"，其后维新派又在各地成立各种政治团体，出版刊物，疾呼"救亡图存"，宣传维新变法。1897年，康有为上书光绪帝，力陈变法图强。1898年6月11日，光绪帝颁发《明定国事诏》，决定变法，直至9月21日共103天，共颁发了几十道有关变法的诏书。变法触犯了以慈禧为首的顽固势力的利益。9月21日，慈禧发动政变，软禁光绪，逮捕和杀害维新派人士。戊戌变法昙花一现，归于失败。

戊戌六君子

　　1898年9月21日，慈禧突然发动政变，幽禁光绪帝于中南海瀛台，搜捕维新党人。24日捕获杨锐、刘光第、林旭，25日捕拿到谭嗣同，26日命令军机大臣会同刑部、都察院于28日会审谭嗣同等军机四卿及杨深秀、康广仁、许致靖。同日，慈禧下令不必审讯，即将谭嗣同、杨锐、刘光第、林旭、杨深秀、康广仁六人正法。六人同时被杀害于北京宣武门外菜市口，史称"戊戌六君子"。谭嗣同曾于狱壁上题诗一首："望门投止思张俭，忍死须臾待杜根；我自横刀向天笑，去留肝胆两昆仑。"临刑前留绝命词曰："有心杀贼，无力回天；死得其所，快哉快哉！"

✹ 义和团运动

　　中日甲午战争后，帝国主义妄图瓜分中国，国事垂危。以农民为主体的人民大众挺身而出，掀起了反帝运动的热潮。义和团源于义和拳等民间秘密结社，最初流行于山东、直隶等地。1896年后，山东义和拳极为活跃，清政府实行安抚政策。1899年，义和拳等组织先后改名义和团。山东义和团首先提出"扶清灭洋"口号，为各地义和团接受。1900年春，义和团迅猛发展，参加者越来越多，并积极投入到反帝斗争中去。八国联军进京后，清政府残酷地镇压了义和团运动。义和团运动体现了中国人民反抗帝国主义的决心，但仍带有封建迷信和盲目排外的色彩。

✹ 八国联军

1900 年初，义和团在京津一带蓬勃发展。5 月28 日，各国公使举行联席会议，决定出兵镇压义和团。6 月6 日，各国公使议定的联合侵华政策得到各国政府的批准。10 日，俄、英、法、美、日、德、意、奥八国拼凑2000 多人，在英国人西摩尔的率领下，自大沽、天津进犯北京，遭到了义和团及清军的抵抗。21 日清政府被迫宣战。7 月，联军攻陷天津。8 月4 日攻占北京，慈禧携光绪逃往西安。9 月德国人瓦德西任联军司令，从德国率两万余人来华，攻占北方的广大地区。沙俄乘机出兵独占东三省。1901 年，清政府被迫签订了空前屈辱的《辛丑条约》。

慈禧太后

慈禧太后（1835—1908），咸丰帝的妃子。1852 年以秀女身份进宫。1856 年，生下载淳。1861 年，咸丰帝在热河行宫病死，载淳即位，被尊为圣母皇太后，徽号慈禧，所以叫慈禧太后。11 月勾结奕䜣发动政变，实行垂帘听政。自此后到光绪在位期间的近半个世纪里，她成为了中国实际上的最高统治者。当政期间，镇压太平天国，听任了洋务派的革新，扼杀“戊戌变法”，利用和屠杀了义和团，玩弄“新政”、“立宪”的骗局；对外一贯妥协投降，出卖国家主权，签订了一系列的卖国条约。1908 年病死。她是一个没有名号的女王。

☀ 末代皇帝

溥仪（1906—1967），中国最后一个皇帝。姓爱新觉罗，字浩然。生于1906年，1908年登基，年号宣统，由他的父亲载沣摄政。辛亥革命爆发后，被废皇帝称号，仍住在紫禁城。1917年，张勋扶持溥仪复辟，很快就失败了。1924年，被废除帝号，逼出皇宫。1925年，移居天津，1931年，在日军的策划下，到达东北。第二年，被扶持为"满洲国"的"执政"，1934年，改称"满洲帝国皇帝"，实际上是日本人的傀儡。1945年8月15日日本投降后，8月17日溥仪潜往日本，途中被苏军俘虏，1950年，被移交中国。1959年，被特赦释放。1967年，溥仪走完了他多事的一生。

☀ 民主革命的先行者

孙中山（1866—1925），名文，号逸仙，1886 年生于广东香山一个贫苦人家。早年曾在广州澳门行医。1894 年上书李鸿章，主张变法，遭到拒绝，到檀香山创立兴中会。1905 年在日本创立中国同盟会，以后多次组织武装起义。武昌起义爆发后，从欧洲回国，被选为临时大总统。1912 年1月1 日，在南京宣誓就职，2 月13 日辞职。1913 年，发动“二次革命”。1917 年组织中华民国军政府，1921 年就任非常大总统。1924 年改组国民党。1925 年病逝于北京，临终留言是“革命尚未成功，同志仍须努力”。孙中山是中国民主革命的先行者。

中国同盟会

1905 年8 月20 日，在孙中山的倡导下，同盟会在日本东京成立。这是中国第一个全国性的统一的资产阶级革命政党。该会以“驱除鞑虏，恢复中华，创立民国，平均地权”为政治纲领；选举孙中山为总理；下设执行、评议、司法三部；出版机关刊物《民报》，着力宣传“民族、民权、民生”三大主义，号召推翻清政府，组织发动与改良派的大论战；国内设有5 个支部，在国外设有四个支部；制定了《军政府宣言》等文件；自1906 年起，先后发动了萍浏澧起义等十余次起义。武昌起义后，本部迁到上海，后又迁到南京。1914 年改组为国民党。

✸ 辛亥革命

　　1911年10月10日爆发的资产阶级民主主义革命，因为当年是农历辛亥年，所以叫辛亥革命。1894年，孙中山建立了兴中会。1905年，中国同盟会在日本成立，并在海外和国内组织起分会，并多次发动武装起义。1911年，清朝出卖铁路修筑权，激起了规模宏大的保路风潮。这成为了辛亥革命的导火索。10月10日，武昌起义爆发，各省立即响应，11月，13个省和上海市宣布独立，清政府迅速解体。1912年1月1日孙中山在南京宣誓就职，成立中华民国政府。2月12日，清帝被迫宣告退位，统治中国两千多年的君主专制制度结束了。

✸ 北洋军阀

这是一个以袁世凯为首的军阀集团。1895年，清廷命袁世凯在天津小站编练"新建陆军"。1901年，袁世凯出任北洋大臣，所辖军队即为北洋军。他通过各种手段，使北洋军成为其私人军队。辛亥革命后，袁凭借北洋军控制中央和地方政权，实行独裁统治，企图恢复帝制。1916年，袁世凯死后，北洋军阀分裂成皖系、直系和奉系三派。他们彼此争权夺利，不断发生内战。先后发动了直皖战争、两次直奉战争。1926年的北伐战争，消灭了直系吴佩孚和皖系孙传芳的军队，打击了奉系。1928年，张作霖被日本人炸死，张学良东北易帜。北洋军阀时代结束。

护国战争

1915年，袁世凯宣布接受帝位，并准备次年登基，这种倒行逆施引发了全国各界的反对。12月25日，蔡锷、李烈钧、唐继尧在云南通电全国，宣布云南独立，组织"护国军"讨袁。1916年，蔡锷率领护国军进入四川，李烈钧进攻两广，唐继尧留守云南。护国军深得民心，士气高昂，不断获胜，贵州、两广相继独立。袁世凯自己的亲信此时也都消极观望，不肯向前。帝国主义各国则警告袁世凯暂缓称帝。眼见众叛亲离，袁世凯被迫于1916年3月22日宣布撤销帝制。随着袁世凯的死去，护国运动胜利结束。

☀ 新文化运动

　　辛亥革命失败后，出现了一股"尊孔复古"的思想逆流。以陈独秀、李大钊、鲁迅、胡适为首的一批知识分子奋起反击，发动了一场新文化运动。1915年9月陈独秀创办《青年杂志》（从第二期起改名为《新青年》），这成为新文化运动兴起的标志和主要阵地。运动高举民主和科学两面大旗，反对专制和迷信；提倡新思想、新道德、新文化，反对旧思想、旧道德、旧文化；提出"打倒孔家店"的口号，反对封建礼教等；提倡新文学，反对旧文学；提倡白话文，反对文言文，等等。这是20世纪初中国的一场思想启蒙运动，对后来的政治、文化、思想都有着巨大的影响。

☀ 五四运动

中国在"巴黎和会"上提出希望帝国主义放弃在华特权，取消"二十一条"，收回山东和被日本夺去的权利，结果遭到拒绝，北洋军阀政府竟准备在上面签字。消息传出，举国愤怒。5月4日，北京学生3000余人在天安门前集会，会后举行学生示威，火烧赵家楼，痛打章宗祥。反动军警逮捕学生32人，北京学生立即实行总罢课。全国各地学生纷纷游行示威，声援北京。6月5日，以上海为中心的罢工等爱国活动相继展开。在全国人民压力下，北洋政府被迫释放学生、罢免卖国贼曹汝霖等三人的职务，最终拒绝在和约上签字。"五四"反帝运动取得了胜利。

中共一大

1921年7月23日晚上8时，中国共产党第一次全国代表大会在上海租界举行。出席会议的有国内各地和旅日共产主义小组代表12人，他们代表国内50多名党员。共产国际也有代表参加了会议。会议共进行了9天，开会7次，由于大会地点失密，最后一次会议转到浙江嘉兴南湖的一只游船上举行。大会通过了中国共产党的第一个纲领、中国共产党的第一个决议，讨论了工作计划，选举产生了党的中央领导机关。这次大会宣告了中国共产党的成立。中国共产党的诞生，是开天辟地的大事。从此，中国革命的面貌焕然一新。

☀ 北伐战争

　　这是一次以国民革命军为主体的推翻军阀统治的革命战争。1926年7月9日，国民革命军从广东开始北伐，北伐军10万人，兵分三路，一路进攻管辖湖南、湖北的吴佩孚，其中第四军中的叶挺独立团担任北伐的先遣队，于8月击溃了吴佩孚的主力，10月攻下了武昌；第二路进攻江西，并于11月消灭了孙传芳的主力；第三路进军福建、浙江，于12月占领了福建。1927年初，北伐军继续进军；西路由湖北攻河南，中路由江西取安徽，3月占领南京；东路由福建攻浙江，夺取了上海。加上冯玉祥率兵南下，北伐战争基本打垮了北洋军阀的军阀统治。

☀ 南昌起义

　　1927 年，汪精卫发动"七一五"反革命政变后，中国共产党决定发动武装起义。周恩来受命负责南昌起义的领导工作，参加起义的有贺龙、叶挺、朱德领导的军队和部属，共 3 万余人。8 月 1 日凌晨 2 点，南昌起义爆发。经过 4 个小时的激战，歼敌 1 万多人，起义军占领南昌。起义胜利后，起义大军撤离南昌，南下广东，在广东潮汕遭到优势敌人的围攻，起义失败。余部一部分退到广东海陆丰，一部分进入湖南。南昌起义打响了武装反抗国民党反动派的第一枪，标志着中国共产党独立领导革命战争和创建人民军队的开始。中国人民解放军组成后，定 8 月 1 日为建军节。

秋收起义

　　1927 年的秋收季节，中国共产党在湖南、湖北、江西、广东等省领导的农民武装起义。其中最有影响的是毛泽东领导的湘赣边秋收起义。八七会议后，毛泽东以中央特派员身份到湖南，领导湘赣边秋收起义。参加起义的部队组成工农革命军第一军第一师，辖 4 个团，卢德铭任总指挥。1927 年 9 月 9 日，湘赣边秋收起义爆发。起义军首先进攻长沙，受挫后集中在湖南浏阳文家市，9 月 19 日举行会议，决定将部队转移到罗霄山脉中段去。20 日，毛泽东率领部队向井冈山进军，10 月，部队到达井冈山，在那里开创了农村革命根据地。

☀ 土地革命战争

072

　　又叫第二次国内革命战争。1927年，国民党在"四一二"反革命政变和"七一五"反革命政变后，建立了反动的南京国民政府。中共中央在八七会议上确定了武装斗争和土地革命的总方针，领导了南昌起义等全国各地的武装起义，建立了中央革命根据地等革命根据地。从1930年底到1932年6月，红军打败了国民党的四次围剿。期间在江西瑞金成立了中央工农民主政府。面对日本的侵略，国民党政府在"攘外必先安内"的口号下，1933年10月发动第五次围剿。第五次反围剿失败后，红军被迫长征。直到西安事变和平解决，土地革命战争基本结束。

☀ 东北易帜

1928 年 4 月，蒋介石联合四个集团军"北伐"张作霖，6 月进占了北京、天津。6 月 4 日，在"皇姑屯事件"中，张作霖被日本关东军炸死。7 月中旬，蒋介石在北京小汤山召开最高军事会议，决定停止对东北的武力进攻，而改用和平方式使张学良归附南京政府。张学良就任东北三省保安总司令以后，日本步步进逼，压迫他承认日本在东北的种种特权。面对国难和家仇，张学良做出了自己的选择。1928 年 12 月 19 日，张学良发表通电，宣布"改旗易帜"，取下北京政府的红黄蓝白黑五色旗，换上代表南京国民政府的青天白日旗，服从国民政府。

"九一八"事变

　　日本帝国主义大规模武装侵略中国东北的事件。1931 年 9 月 18 日夜间 10 时 20 分，盘踞在中国东北的日本关东军，按照事先预定的计划，炸毁了沈阳附近靠近柳条湖的一段南满铁路，诬告是中国军队"破坏南满铁路"、"袭击日本守备军"，并且以此为借口，炮袭沈阳北郊东北军的驻地北大营，占领了沈阳城。东北军总司令张学良执行蒋介石绝对不抵抗的命令，不战而退，东北军全部撤进关内。到 1932 年初，东北三省全部沦陷于日本侵略军手中。

☀ 二万五千里长征

　　由于王明"左倾"盲动主义的错误，第五次"反围剿"失败。迫于形势，中国工农红军从长江南北各地的革命根据地，向陕甘革命根据地进行战略转移。1934年10月，中央红军被迫退出中央革命根据地，长征开始。从湖南，经贵州，过四川，经过艰苦卓绝的不懈努力和艰难奋斗，付出了巨大的代价，1935年10月19日，中共中央到达陕北吴起镇，与陕北红军胜利会师。1935年11月，红二、六方面军从湖南桑植出发，开始长征。1936年10月，中国工农红军第一、二、六方面军在甘肃会宁会师，长征胜利结束。自此革命局面翻开了新的一页。

☀ 遵义会议

1935 年1 月15 日至17 日，中共中央政治局在遵义召开了扩大会议。会议讨论总结了红军第五次"反围剿"失败的教训，批评了博古、李德军事指挥上的错误，通过了张闻天起草的《中共中央关于反对敌人五次"围剿"的总结决议》，明确指出红军所受到的严重挫折，主要原因是"在军事指挥上的单纯防御路线"造成的，肯定了毛泽东关于红军作战的基本原则。毛泽东被推选为政治局常委，与周恩来一起负责军事，张闻天任中共中央总书记。这次会议在危机关头挽救了红军，挽救了党，挽救了中国革命，成为中国共产党历史上一次生死攸关的转折点。

"一二·九"运动

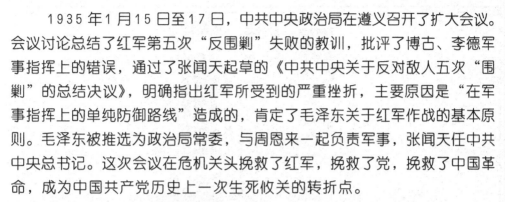

1935 年日本制造了"华北事变"，国民党政府继续实行不抵抗政策，妥协投降。12 月9 日，在中国共产党的领导下，北平6000 多人，举行请愿集会，提出反对所谓"防共自治运动"，公开宣布交涉经过，停止一切内战，要求言论、集会、结社和出版自由等六项要求，遭到拒绝。国民党出动大批军警镇压，致使学生30 多人被捕，100 多人受伤。10 日北平学生举行总罢课。16 日学生突破重重阻碍，迎着军警的皮鞭和棍棒，再次举行示威游行，迫使原定16 日成立的"冀察政务委员会"延期成立。北平学生的爱国斗争得到了全国各界的积极响应。

✹ 西安事变

　　又称"双十二事变"。1936年，在陕甘与中国工农红军作战的张学良和杨虎城，一再要求蒋介石停止内战，一致抗日。蒋介石拒绝了这些要求，并亲自到西安部署"剿共"。12月12日，张杨联合行动，在临潼扣押了蒋介石等人。随后发表了八大主张，逼蒋联共抗日，并电邀中共派代表团到西安，商讨抗日救国大计。中共派出了以周恩来为首的代表团去西安参加谈判，争取蒋介石抗日。24日，蒋介石接受了六项条件。25日，张学良送蒋介石回南京，西安事变和平解决。它促进了抗日民族统一战线的形成，成为中国抗日战争史上的一个重大转折点。

✹ 卢沟桥事变

"卢沟桥事变"也叫"七七事变"。1937年6月起，日本侵略军在北平西南宛平附近连续举行挑衅性的军事行动。7月7日晚，日军的一个中队在事先没有通知中国当地驻军的情况下，就荷枪实弹开往卢沟桥附近进行"演习"，日军以仿佛听到宛平城内发枪数响，致使一名士兵失踪为借口，要求进入宛平城搜查。在遭到拒绝后，即向卢沟桥附近的中国军队发动进攻，并炮击宛平县城和卢沟桥。中国驻军第二十九军吉星文团奋起抵抗。第二十九军司令部发出命令，要前线士兵"应与桥共存亡，不得后退"。卢沟桥事变标志着日本全面侵华战争的开始，中国自此进入了全面抗战时期。

抗日战争

1937年，日本制造了"七七"事变和"八一三"事变后，全国抗日战争爆发。由此至1938年10月为抗日战争的战略防御阶段，日本疯狂进攻，占领了中国的大片领土。1938年10月后进入战略相持阶段，日本停止了扩大占领区的军事行动，开始以主要军事力量进攻中国共产党，对国民党实行政治诱降为主、军事打击为辅的政策。1944年解放区军民开始对日本侵略军进行局部反攻。1945年8月8日苏联对日宣战，全国规模的反攻随之开始。8月15日日本宣布无条件投降。经过8年的浴血奋斗，中国人民终于取得了胜利。

☀ 南京大屠杀

　　1937 年 11 月，日军直扑南京，仅用 3 天时间，就突破南京的 3 道防线。12 月 13 日，日军攻陷南京城。在华中派遣军司令官松井石根和第六师团长谷寿夫的指挥下，日本侵略军对中国人民进行了长达 6 周的血腥大屠杀，犯下了滔天的罪行。南京居民和中国士兵，被集体枪杀并焚尸灭迹的达 19 万多人，被零散屠杀、尸体经慈善团体和居民收埋的达 15 万多人，共有 30 多万中国人被残酷杀害。南京城内尸骨纵横，瓦砾成山，顿成人间地狱。在南京郊区，侵略军还大肆洗劫机关、仓库、商店、民宅、村舍，全市 1／3 的建筑物被日军完全烧毁。

☀ 皖南事变

1941年10月19日，蒋介石指使何应钦、白崇禧，强令八路军、新四军撤到黄河以北。为顾全大局，中共决定北移。1941年11月7日，叶挺、项英率领新四军总部主力部队9000余人奉命北移，在皖南泾县茂林地区，遭到国民党7个师8万余人的伏击。新四军英勇抗击，经过7昼夜血战，终因众寡悬殊，弹尽粮绝，除两千余人突围外，大部分壮烈牺牲。军长叶挺亲自赴敌108师师部谈判，副军长项英遇难。这就是震惊中外的“皖南事变”。之后蒋介石反诬新四军叛变，宣布取消新四军番号。中共对此进行了坚决的反抗，并重建新四军军部。

南京受降

1945年8月5日，日本天皇裕仁正式宣告日本无条件投降。是日，蒋介石以中国战区最高统帅的名义，致电冈村宁次指示投降原则。21日今井武夫等8名投降代表飞抵湖南芷江，23日到南京。27日，国民政府派陆军副参谋长冷欣到南京，设立中国陆军总司令部前进指挥所。9月8日，中国陆军总司令何应钦飞抵南京，接受蒋介石指派，代表中国战区最高统帅接受日本投降。9日下午9时，何应钦在南京陆军总部大礼堂主持受降典礼，冈村宁次在日本投降书上签字。1945年冬至1946年夏，国民政府将日俘、日侨213万全部遣回日本。

☀ 重庆谈判

　　抗日战争胜利后，全国人民期望国内和平。1945年8月14日、20日、23日，蒋介石三次电邀毛泽东到重庆举行和平谈判，面商国家大计。中国共产党接受邀请，并于8月25日发表《对目前时局的宣言》，提出"和平、民主、团结"三大口号，8月28日，毛泽东偕同周恩来、王若飞由延安飞抵重庆。经过43天的艰苦谈判，于10月10日，中国共产党代表周恩来、王若飞和国民党代表王世杰、张群、张治中、邵力子共同签署了《政府与中共代表会谈纪要》，简称《双十协定》。次日，毛泽东返回延安，周恩来、王若飞仍留在重庆继续谈判有关事项。

☀ 解放战争

又叫“第三次国内革命战争”。重庆谈判后，1946 年1 月，国共两党达成停战协定，但是国民党背信弃义，于6 月向解放区发动全面进攻，内战全面爆发。解放区军民奋起抵抗，先后粉碎了国民党军对解放区的全面进攻和对陕北、山东解放区的重点进攻。1947 年，刘邓大军12 万人强渡黄河，千里挺进大别山，揭开了战略反攻的序幕。从1948 年9 月起，人民解放军先后发动了三大战役和渡江战役，1949 年4 月23 日解放南京，宣告了国民党统治在大陆的结束。接着又向全国一切尚未解放的地区进军。解放战争期间，共歼灭国民党军807 万。

三大战役

到1948 年，人民解放军已增加到280 万人，国民党军队已下降为365 万，能用于一线作战的只有174 万余人，被迫进行所谓的“重点防御”，固守战略重点，以致无法形成完整的战线。中国人民解放军进行战略决战的条件已经成熟。从1948 年9 月12 日开始，到1949 年1 月31 日止，东北野战军、华东野战军、中原野战军、华北野战军相继进行了辽沈战役、淮海战役和平津战役。三大战役历时4 个月零19 天，歼灭国民党军队154 万余人，使国民党精锐主力部队丧失殆尽，解放了东北、华北及长江中下游以北的地区。中国人民解放战争取得决定性的胜利。

🏵 开国大典

　　1949年10月1日下午2时，中华人民共和国中央人民政府委员会在北京天安门城楼举行第一次会议，中央人民政府主席毛泽东，副主席朱德、刘少奇、宋庆龄、李济深、张澜、高岗及全体委员们宣布就职，宣告中华人民共和国中央人民政府成立。下午3时，首都30万人民在天安门广场集会，隆重举行开国大典庆祝活动。林伯渠宣布典礼开始，军乐队奏《义勇军进行曲》。毛泽东宣读了中央人民政府公告，向全世界庄严宣告中华人民共和国成立。随后阅兵式开始，朱德宣读了《中国人民解放军总部命令》。大典历时3小时，最后举行了盛大游行。

🏵 抗美援朝

1950年6月25日，朝鲜战争爆发。27日，美国总统杜鲁门宣布正式参战。9月15日，美军在仁川登陆，随后越过“三八线”，把战火引到中国东北边境。10月8日，中共中央做出“抗美援朝、保家卫国”的战略决定。10月19日，彭德怀率领志愿军赴朝作战。至1951年6月，中朝军队歼敌23万，把美国侵略军赶回到“三八线”附近。1951年7月，停战谈判首次会议在汉城举行，谈判在边打边谈中进行。1953年5月到7月，中朝军队连续发动了三次夏季攻势，歼敌12万。面对失败，美国最终签订《朝鲜停战协定》。抗美援朝战争取得胜利。

两弹一星

1964年10月16日15时，中国自行制造的第一颗原子弹在中国西部罗布泊爆炸成功。它的成功标志着中国国防现代化进入了一个新的阶段，对打破帝国主义的核讹诈、核垄断，加强和巩固国防有重要意义；1967年6月17日，中国独立研制的第一颗氢弹在中国西部上空爆炸成功，这是中国核武器发展的一个里程碑；1970年4月24日，中国第一颗人造地球卫星“东方红一号”发射成功，这意味着中国发展空间技术的重大突破。这些高科技的巨大成就，离不开党和国家领导人的关怀和重视，也依靠一大批科学家们默默无闻的艰苦奋斗。

☀ "文化大革命"

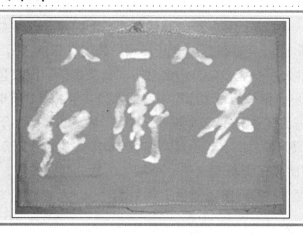

　　1966 年 5 月中央政治局扩大会议和 8 月的八届十一中全会，标志着"文化大革命"的全面发动，直到 1976 年 10 月粉碎江青反革命集团后结束，这是中国"文化大革命"的十年浩劫时期。这场由毛泽东同志错误发动、被林彪、江青反革命集团利用的内乱，给党、国家和各族人民带来了严重的灾难，使国家和人民遭到了建国以来最严重的挫折和损失。它绝对不是任何意义上的革命和社会进步，它是一场全国、全民族的灾难。它给中国人的内心造成的深刻损害，是永远无法弥补的，同时，它给予中国人的教训和启示也将是异常深刻的，值得我们永远警醒和反思。

☀ "四人帮"

中共九大、十大之后，江青、张春桥、姚文元、王洪文加强了自己在党中央的地位，结成“四人帮”，进行反党的罪恶行动。1974 年他们开展所谓的“批林批孔”运动，毛泽东先是批准这一运动，在发现江青等人借机进行篡党夺权活动后，对他们进行了严厉批评，宣布他们是“四人帮”。1976 年4 月全国范围内掀起了以“天安门事件”为代表的悼念周恩来总理、反对“四人帮”的抗议浪潮。毛泽东逝世后，江青反革命集团加紧了夺取党和国家领导权的行动。1976 年10 月中央政治局粉碎了“四人帮”。1981 年，最高人民法院对江青等人做出了应有的判决。

中国恢复在联合国席位

中华人民共和国成立后，宣布中央人民政府是中国的唯一合法政府，并致电联合国要求恢复在联合国的合法席位。但由于美国从中阻挠，使得台湾当局继续占有联合国的席位。自1961 年起，联合国内外展开了恢复中国在联合国合法权利的一系列斗争。1971 年10 月25 日，第二十六届联大会议最终以76 票赞成、35 票反对、17 票弃权的压倒性多数，通过了一项23 国的联合提案，恢复中华人民共和国在联合国的一切合法权利，并立即把台湾国民党当局从联合国及其所属机构中驱逐出去。11 月11 日，中华人民共和国代表团到达纽约联合国总部。

☀ 中美建交

　　1978 年12 月16 日，华国锋总理和卡特总统分别在北京和华盛顿签订了关于中美建交的联合公报，宣布两国自1979 年1 月1 日正式建立外交关系。联合公报重申了上海联合公报中双方同意的各项原则，美国政府承认中华人民共和国是中国唯一的合法政府，台湾是中国的一个省。1979 年1 月1 日，中美两国正式建交。当日，华国锋总理就此举行了记者招待会，卡特总统发表了电视讲话。1 月28 日，邓小平副总理和夫人接受卡特总统的邀请，赴美进行正式访问。3 月1 日，中美大使柴泽民和伍科德分别到任。从此，中美关系进入了一个新的阶段。

☀ 十一届三中全会

1978年12月18日到22日，中国共产党第十一届中央委员会第三次会议在北京隆重举行。会议批判了“两个凡是”的错误方针，高度评价了“实践是检验真理的唯一标准”的讨论，重新确定了“实事求是”的思想路线，果断停止了“以阶级斗争为纲”的口号，做出了把全党全国的重心转移到经济建设上来的战略决策，做出了实行改革开放的伟大决策，提出了加强社会主义法制和民主的任务，审查和解决了历史上遗留的一批重大问题和一些重要领导人的功过是非问题。从此，党的事业走上了健康发展的轨道，实现了建国以来党的历史上具有深远意义的伟大转折。

香港回归

在一系列的不平等条约中，清政府分别于1842年割让香港岛给英国，1860年割让九龙司给英国，1898年把新界“租”给英国99年。20世纪80年代以来，中英双方经过艰苦谈判，最终决定1997年7月1日，香港正式回归中国。1997年6月30日午夜至7月1日凌晨，中英两国政府香港政权交接仪式在香港隆重举行，江泽民主席庄严宣布，中国对香港恢复行使主权。交接仪式之后，举行了特区政府宣誓就职仪式。与此同时，中国人民解放军驻香港部队开始接管香港防务。米字旗落下去了，五星红旗开始飘扬在这颗东方明珠的上空。

第二章　世界年华

　　世界处于不断的变化之中。人类活动的各个领域也在发生着永无休止的变化。但今天，变化的速度、广度和深度方面都是空前的、史无前例的。在这些纷繁复杂的变化之中，既展现着美好的前景和希望，也孕育着惨痛的混乱和不幸。事实上，我们这个时代，与我们所赞颂和怀恋的过去的伟大时代极为相似，也与我们所恐惧和厌恶的时代相隔不远。人类总是在为自己创造巨大辉煌而憧憬未来的同时，也在不断地为自己的无知和欲望付出代价。人类的历史就是这样一个充满着矛盾的过程：它时刻创造着辉煌和光明，同时也制造着黑暗与不幸。文明与野蛮、光荣与梦想、冲突与混乱、幸福和悲惨，逝者如斯，历史的镜头在我们的脑海中久久地回放。以史为镜，消化吸收前人留下的经验和教训，我们才能更好地战胜恐惧、无知和贪欲，避免人为的灾难和悲剧的重演，才能更加珍视我们所处的这个世界，珍视这个日新月异、飞速前进的时代，更好地抒写属于我们时代的历史，为后人们留下一点有价值的东西。未来不会是过去的一成不变的翻版，但历史一定可以警示未来、启迪未来。踩着祖先的足迹前行，我们就应该有理由相信，未来的世界意味着更多的希冀与梦想。

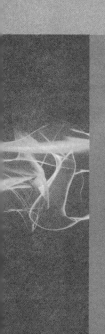

神秘的古埃及

埃及是世界四大文明古国之一，"埃及"一词是由古埃及孟斐斯城的埃及语名Hikuptah（意为普塔神灵之宫）演变而来。古王国时期，埃及完成了真正的统一，迎来农业、手工业、商业、建筑业等全面发展的一个伟大时代。古埃及人创造了光辉的文化，掌握了丰富的科学知识。公元前3000多年埃及人就使用了象形文字；很早便开始观测天文，制定了世界上最早的太阳历；木乃伊的制作，证明他们的医学已相当发达；巍峨的金字塔更是世界的奇观，建筑史上的奇迹，至今仍是难解之谜。木乃伊、狮身人面像、金字塔、卡尔纳克神庙……无一不透视着古埃及的智慧与神秘。

繁荣的巴比伦王国

　　公元前1894年，阿摩利人建立古巴比伦王国，到汉谟拉比在位时，巴比伦已从微不足道的村落发展成为一个繁荣的大城，以至整个两河（幼发拉底河和底格里斯河）南部地区都根据这一名字而称为巴比伦尼亚。其商业较为发达，商队往返于各城市之间，远到幼发拉底河上游。到新巴比伦王国时期，巴比伦成为西亚最大的城市。巴比伦城呈正方形，外面有护城河及高大的城墙，它的100个门则全是青铜制作。城中所建奇特的"空中花园"，被列为"世界七大奇迹"之一。当时已普遍使用金、银、铜、铁制作雕像、家具和装饰品，质地优良的毡毯上，编织着各种怪兽图案。这些产品远近驰名，行销国外。

强大的波斯帝国

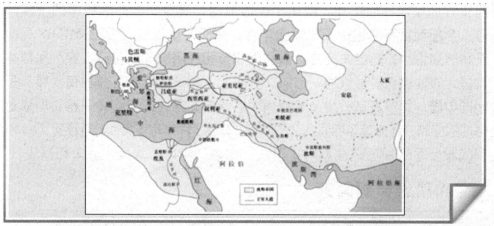

　　古代伊朗以波斯人为中心形成的帝国。公元前550年，波斯王居鲁士二世灭米底，接着攻占吕底亚王国，征服小亚细亚西部沿海各希腊城邦，消灭新巴比伦王国，建立了波斯帝国。经过大流士一世19次出征，波斯帝国盛极一时。帝国疆域自西方的埃及扩及东方的印度，自南方的波斯湾远至北方的里海和黑海。帝国以相当严密的中央集权的政治机构和强大的军事力量，以及对待被征服民族比较开明的政策，维持着帝国的统一。修筑的驿路网紧密连接帝国各部分，开辟海上航路以促进国际贸易。大流士一世还实行税制改革及统一度量衡和币制，更促进了帝国的经济发展。

☀ 养孔雀的统治者——孔雀王朝

古代印度摩揭陀国是著名的奴隶制王朝。因其创造者旃陀罗笈多出身于养孔雀家族而得名。阿育王在位期间，南亚次大陆除极南端一部分外，全部囊括在孔雀王朝的版图之内。首都为华氏城（今巴特那）。孔雀王朝时期生产力有很大提高，铁器的制造和使用已非常普遍，农产品种类增多，农业占有显著优势。纺织、金属加工和造船等手工业都有发展。王朝同中国、两河流域、埃及等地有较活跃的贸易关系。孔雀王朝为加强对各地的控制，还修筑了四通八达的驰道。国家有 60 万步兵、3 万骑兵、9000 只战象。军队共分 5 个部门：船队、后勤、步兵、骑兵、战车和战象。

☀ 希腊城邦制国家

也称城市国家，是由原始公社演化而来的一种公民集体。公元前 8 世纪～前 4 世纪的古希腊，各地区经济、政治、文化发展不平衡，几百个城邦小国并存，并出现过许多城邦联盟。城邦居民按照政治地位分为三类：拥有公民权而能够参加政治活动的自由人；没有公民权的自由人；处于被剥削、奴役地位的奴隶。城邦的公民作为一个整体构成统治集团，与没有公民权的自由人和奴隶相对立。每个公民有随时应征参战的义务。城邦制的产生和发展，对古希腊、西方的社会历史有深刻的影响。无论是文学艺术，还是哲学、伦理学、政治学和宗教，无不打上城邦制度的深刻印记。

梭伦改革

公元前 6 世纪初，雅典执政官梭伦进行的一系列经济、政治和社会改革。改革的主要内容有：(1)废除雅典公民以人身作抵押的一切债务，禁止再以人身作抵押借债，由国家出钱把因无力还债而被卖到异邦为奴的人赎回；(2)废除世袭贵族对政治权力的垄断，不再以出身而以财产的数量来划分公民等级；(3)设立400 人议事会和民众法庭，作为最高行政和司法机关，扩大公民大会权力，准许每个公民就自身利益攸关的问题向公民大会和民众法庭提出申诉；(4)制定新法典取代德拉古的严酷法律。梭伦改革是雅典城邦历史发展中的重要里程碑，奠定了雅典民主政治的基础。

✹ 雄才伟略的亚历山大大帝

　　亚历山大大帝（前356－前323）是古代马其顿国王、卓越的军事统帅。公元前336年，于其父腓力二世被刺后继承王位，他迅速控制了国内政局，平定了骚乱的北方，镇压了希腊城邦的起义。公元前334年他开始了对亚洲和非洲历时10年的远征。亚历山大率军所向披靡，击败4倍于己的波斯大军，灭亡波斯帝国。继而入侵北非，到达埃及，远征印度，占领印度西北部，建立起一个地跨欧、亚、非三洲的庞大帝国。亚历山大推行种族融合制度，鼓励将士与东方女子结婚。亚历山大的东侵，给当地人民造成了灾难，但也促进了希腊与亚非诸国的经济和文化交流。公元前323年亚历山大染疾死于巴比伦。

✹ 罗马开创共和制

公元前509年，意大利半岛以罗马为中心建立了贵族掌权的最早的共和制国家。共和国的最高长官为执政官，由百人团会议从贵族中选举产生，一次两名，任期一年，共掌国家军、政大权。元老院由氏族长老和卸任执政官组成，负责制定内外政策，审查和批准法案。共和国的一切大权由贵族把持，重要官职均由贵族担任。平民为此与贵族进行了长期斗争，终于取得设置保民官和以平民会议代替百人团会议等一系列权益。罗马公民公社得到了巩固和发展，调整了不同阶层的利益关系，扩大了罗马城邦的社会基础，为城邦的昌盛和奴隶占有制的繁荣创造了条件。

斯巴达克起义

古代罗马共和末期由斯巴达克领导的大规模奴隶起义。斯巴达克是色雷斯人，被罗马军队俘虏后沦为角斗士。公元前73年，他在卡普亚角斗士训练学校密谋暴动事泄，遂偕同78名角斗士逃往维苏威山。逃亡奴隶纷纷来归，起义队伍迅速扩大。起义军极盛时曾发展到12万人以上，屡败罗马军，活动范围几乎遍及意大利南部。但起义队伍内部发生分裂，以克里克苏斯为首的一支队伍单独行动，在阿普利亚境内被消灭。公元前71年，起义军与罗马军队在阿普利亚进行决战并遭到惨败，斯巴达克壮烈牺牲。斯巴达克及起义者的英雄形象，成为后世文学艺术作品歌颂的题材。

☀■独裁者恺撒大帝

　　恺撒（前100－前44）是古代罗马政治家、军事家。公元前59年恺撒任执政官，任满后出任高卢总督。通过多次战争征服高卢地区，造就了一支善战的大军。率军渡过莱茵河侵入对岸的日耳曼地区，之后两次渡海入侵不列颠。内战爆发后，率军渡过鲁比肯河，迅速攻占意大利，随后又击溃庞培在西班牙的军队。在内战期间及其后，恺撒获得终身独裁官、执政官等官职，兼领大将军、大教长荣衔，成为名副其实的军事独裁者。恺撒善于治军，足智多谋，政治上不囿陈规，在文学方面亦多有著述，传世有《高卢战记》、《内战记》等。"恺撒"一词后成为罗马和西方一些帝王常用的头衔。

☀■查理大帝的铁蹄

查理（742—814）是法兰克王国最著名的国王，是西欧中世纪初期最强大的统治者。774 年查理借罗马教皇求援之机，攻占意大利北部的伦巴德王国，自兼伦巴德国王，并进军罗马，控制意大利半岛大部分地区。经过多次战争，查理征服了萨克森和其他中欧地区。查理在位 46 年，对外进行了 50 多次战争，使法兰克王国成为控制西欧大部分地区的大帝国，疆域西临大西洋，东至易北河及波希米亚，北达北海，南抵埃布罗河及意大利中部。800 年罗马教皇加冕查理为“罗马人皇帝”，史称查理大帝。他统治的国家被称为查理曼帝国或查理大帝帝国，以亚琛为统治中心。

诺曼征服

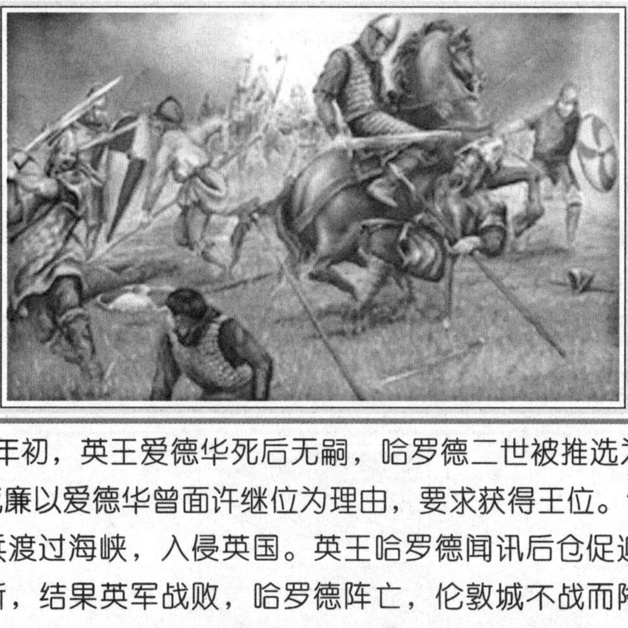

1066 年初，英王爱德华死后无嗣，哈罗德二世被推选为国王。法国诺曼底公爵威廉以爱德华曾面许继位为理由，要求获得王位。1066 年 9 月末，威廉率兵渡过海峡，入侵英国。英王哈罗德闻讯后仓促迎战，双方会战于哈斯丁斯，结果英军战败，哈罗德阵亡，伦敦城不战而降。威廉在伦敦威斯敏斯特教堂加冕为英国国王，即威廉一世，诺曼王朝开始了对英国的统治。1069 年北方各郡举行起义，均遭残酷镇压。1071 年，威廉一世巩固了他的统治，因此获得“征服者”的称号。此后，诺曼人大量涌入，成为英国居民。诺曼征服后，英国出现封建庄园，加速了英国封建化的进程。

🌟 阿拉伯帝国席卷欧亚非

　　"圣战"是伊斯兰教的一项宗教义务。阿拉伯半岛统一以后，其统治者哈里发就以"圣战"为号召，发动对外战争。从第二任哈里发·奥马尔时期起，阿拉伯开始大规模向半岛以外扩张，阿拉伯军队从北、东、西三个方向同时出击。手执长矛、骑着快马和骆驼的阿拉伯骑兵行动迅速、善于奇袭，踏遍了西亚和北非。接着，阿拉伯军队从北非一直打到大西洋沿岸，又渡过海峡占领西班牙大部分。在亚洲征服了外高加索和中亚细亚，使东方国界的南段推进到印度河以东，北段与中国唐朝的边境相连。到 8 世纪中期，阿拉伯已成为一个横跨欧、亚、非三洲的大帝国。

🌟 奥斯曼横扫地中海

奥斯曼土耳其民族源于中亚西突厥乌古斯人的游牧联盟。奥斯曼一世时蚕食拜占庭帝国领土，奠定了奥斯曼国家的雏形，之后不断向外扩张。进军东南欧，在科索沃战役中大败塞尔维亚、保加利亚、匈牙利联军，征服多瑙河以南的巴尔干地区。1453年灭亡拜占庭帝国，君士坦丁堡成为奥斯曼帝国的新都。谢利姆一世东征伊朗，扫平叙利亚和埃及。谢利姆二世征服塞浦路斯，击败西班牙、威尼斯和教皇的联合舰队。苏莱曼一世先后6次出征匈牙利，数次远征伊朗，夺取巴格达。奥斯曼军事封建帝国极盛时，领土囊括今地中海周围欧、亚、非近40个国家和地区。

李成桂开创朝鲜

1388年，左军都统使李成桂反对高丽国王和宰相出兵进攻中国辽东，未被采纳，便从鸭绿江口的威化岛回军京师，发动政变，废除国王，放逐宰相，控制高丽军政大权，拥立恭让王。1392年废恭让王自立为王，定国号为朝鲜，简称李朝，直到1910年日本吞并朝鲜后灭亡。1394年从开京（今开城）迁都汉城。李朝承高丽旧制，1469年颁布《经国大典》，从法律上固定其统治体制。15世纪前期是其繁荣时期，经济、文化都较发达，对外远征，消除倭患，与中国明朝保持友好往来。李朝前期文化比较繁荣，以儒家朱子学为国教，全国各地广设学校，教授儒家经典。

☀ 丰臣秀吉侵略朝鲜

　　1592 年，丰臣秀吉率日本水陆两军约 20 万人，从釜山登陆，侵略朝鲜。日本分兵三路向北进发。朝鲜地方官吏弃地而逃，国王从首都仓皇逃往鸭绿江边的义州，朝鲜大部分国土失陷。日军到处烧杀抢掠，仅晋州一地就屠杀军民 6 万人。明朝政府应朝鲜请求派军增援，朝中军队相继收复大部分地区。日军退守南部沿海一带，并以和谈为幌子，力图卷土重来。1597 年，日军水陆军再次大举进犯，明朝再次增派援军。朝中军队连克日军，丰臣秀吉在忧急中病死，遗嘱撤军。1598 年，朝中水军在露梁海面彻底击败日军。朝鲜名将李舜臣和明朝老将邓子龙在此战中牺牲。

☀ 查士丁尼一世的梦想

查士丁尼一世（483－565）时期，东罗马帝国一度呈现强盛的景象。查士丁尼一世即位后便开始扩军备战，准备消灭原罗马帝国土地上日耳曼人的国家，梦想恢复统一的罗马帝国。533 年起，他集中兵力向西发动战争；534 年灭汪达尔－阿兰王国，兼并北非，占领撒丁岛和科西嘉岛；536 年进军意大利并占领罗马；540 年占领东哥特王国首都拉文纳；552 年出兵西哥特王国，占领西班牙东南部。至此，东罗马帝国的疆域从幼发拉底河上游一直延伸到直布罗陀海峡，地中海几乎成了它的内湖，查士丁尼一世似乎“复兴”了罗马帝国的繁荣。但查士丁尼一世去世后不久，征服地区大都丧失。

亨利皇赤足忏悔

授职权的争执一直是中世纪西欧政教冲突的焦点。1073 年格列高利七世当上教皇后宣称：教皇权力来自上帝，高于一切，教皇不但有权任免主教，而且可以废黜君主。神圣罗马帝国皇帝亨利四世则于 1076 年1 月召开宗教会议，宣布废黜教皇。2 月，教皇也宣布开除亨利教籍，废黜他的帝位。德意志大封建主乘机发难，如亨利不能在一年零一天中恢复教籍，他们将另立国王。次年1 月，亨利不得不冒着大雪，光着双足，穿着粗服，忍辱到意大利的卡诺沙城堡向教皇忏悔。教皇在他等候了 3 天后才接见并恢复他的教籍。但政教冲突并未停止，直到沃姆斯宗教会议双方才达成妥协。

✹ 十字军东征

　　1096～1291 年，罗马教廷、西欧骑士和世俗封建主对地中海东岸国家进行的侵略战争。侵略军身缀十字标记，故称十字军。11 世纪，西欧封建社会形成了十分复杂的局势，封建统治集团企图通过侵略扩张，掠夺财富，缓和社会矛盾。于是乘拜占庭遭受侵略和西亚危机，打着"圣战"的旗号，发动了十字军东侵。从1096 年发动第一次东侵到1291 年十字军的最后一个据点被攻陷，十字军先后进行了 8 次东征，规模较大的有 4 次。十字军东侵给西亚、埃及和拜占庭人民带来了灾难，严重阻碍这一地区社会经济的发展。但客观上促进了西欧与东方的贸易，加速了西欧经济的发展。

✹ 大宪章出炉

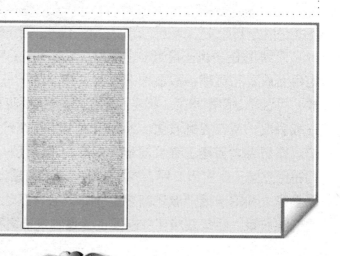

约翰继承英国王位后施行暴政，并相继与教皇和封建贵族发生冲突。1215 年 5 月，封建贵族得到伦敦市民的支持，占领了伦敦。在强大压力下，约翰于同年 6 月 15 日在兰尼米德签署大宪章。大宪章全文共 63 条。主要条文有：国王承认教会选举自由；不得违反惯例向封建主征收额外的捐税；不得任意逮捕、监禁或放逐自由人，或没收其财产等。其宗旨是保障封建贵族的政治独立与经济权益，对骑士及自由农民的利益也有一些保障。大宪章使王权受到封建法律的约束，自由人和市民获得了一定的法律保障和权利，具有积极的历史意义，在英国宪政史上占有重要的地位。

✺ 百年战争

英法两国于 1337～1453 年期间断续进行的百余年战争。英法两国封建主争夺领地，是导致战争发生的基本原因。1337 年 11 月英王爱德华三世以法王腓力四世外孙的资格，与腓力六世争夺王位，率军进攻法国，战争开始。战争的前大半段，法国由于统治集团内部的分裂，战争一再失利，法王及众臣一度被俘，被迫签订屈辱的《布勒丁尼和约》，并丧失了大片领土。形势危急时刻，法国人民组成抗英游击队，女民族英雄贞德的事迹进一步激发人民抗英热情。1435 年法国统治集团重新联合。1453 年 10 月，驻波尔多英军投降，法军收复除加来外全部领地，百年战争以法国的胜利而结束。

ok

哥伦布发现新大陆

  葡萄牙人沿非洲海岸探索通向亚洲航路的时候，西班牙也在另一个方向寻找同一个目标。1492年，航海家哥伦布（1451－1506）在西班牙王室的支持下率领船队，横渡茫茫的大西洋，最终到达巴哈马群岛中的一个小岛，他以为到了印度，把当地的居民叫做印第安人。随即他到了古巴和海地，并在海地建立了第一个殖民据点。从1493年到1504年，哥伦布又3次出航，往来于欧美大陆之间，到达加勒比海上的一些岛屿、南美大陆北岸和中美洲东岸，但他一直以为发现的是印度。以后意大利人亚美利哥·维斯普奇考察后断定，哥伦布发现的不是亚洲，而是一个"新世界"，一处"新大陆"。

麦哲伦实现环球壮举

　　贵族出身的葡萄牙人麦哲伦（1480－1521），在西班牙国王的支持下，于1519年9月20日，率船5艘、水手265人，由西班牙的圣卢卡港启航。船队越过大西洋，经里约热内卢湾，沿巴西海岸南下，穿过南美大陆与火地岛之间的万圣海峡（麦哲伦海峡），于次年进入太平洋继续西行。1521年船队抵达菲律宾群岛，麦哲伦因干涉内争于4月27日被当地居民杀死。18名疲弱不堪的船员和仅存的一只船，横渡印度洋，绕过好望角，于1522年9月返抵西班牙。麦哲伦及其船队完成人类历史上第一次环球航行，扩大了世界各大洲之间的联系，同时以实践证实了地圆学说，对科学发展具有重大意义。

星光灿烂的文艺复兴

　　14～17世纪，西欧国家先后发生资产阶级文化运动，它是人类文明发展史上的一次伟大的变革，历史上称之为"文艺复兴"。文艺复兴时期涌现了一大批杰出人物，从各个方面冲击封建教会的束缚，建立了资产阶级的人文主义世界观。文艺复兴的先驱者是诗人但丁，其后是彼德拉克和薄伽丘。美术上出现了大画家乔托和文艺复兴三杰：达·芬奇、米开朗基罗和拉斐尔。科学技术上出现了布鲁诺和伽利略。此外还有波兰的天文学家哥白尼、荷兰的伊拉斯谟、法国的蒙坦涅、英国的莎士比亚、西班牙的塞万提斯、德国的丢勒等。

🌟 威斯特伐利亚和约

　　17世纪欧洲30年战争结束后，1648年10月24日，参战各方代表齐集明斯特市政厅签署《威斯特伐利亚和约》。和约对欧洲各国领土和疆界进行了重新划分，对欧洲的政治和秩序做出了新的安排。法国、瑞典和德意志的新诸侯获得了大片领土，皇权受到了限制，新旧两教获得了同等权利。它削弱了哈布斯堡王朝的统治地位，加深了德意志境内分裂割据的局面，为法国称霸欧洲准备了条件。同时，和会的召开与和约的签订创立了召开国际会议解决国际问题的先例，打破了罗马教皇神权下的世界主权论，使国际法脱离神权的束缚，为近代国际法的发展和国际关系的开篇起了促进作用。

🌟 宗教改革领袖闵采尔

　　闵采尔（1490－1525）是德意志宗教改革和农民战争领袖，深受人文主义思想影响。曾经支持路德反教皇的主张。当路德逐渐倒向诸侯时，闵采尔便同他公开决裂。他提出与路德不同的宗教和政治主张：否认《圣经》是唯一的和无误的启示，传布一种接近无神论的泛神论，认为信仰的建立是基于人的理性，每个人都能通过自己的理性升入天堂，基督教徒的使命是在现世建立天堂。他的政治纲领主张是经过暴力革命"大震荡"建立没有私有财产、没有阶级差别、没有与人民群众相对立的国家政权的理想社会。他的理论带有空想性质，但为德意志农民战争提供了强有力的思想武器。

✺尼德兰革命

　　世界历史上第一次成功的资产阶级革命。尼德兰相当于现在的比利时、荷兰、卢森堡和法国的东北部，革命前为西班牙属地。1566年8月爆发反对天主教会的圣像破坏运动。1572年北方各省举行大起义，解放了荷兰、泽兰两省的大部。1576年布鲁塞尔爆发起义，推翻了西班牙在尼德兰的统治机构，南北各省代表缔结《根特协定》，恢复南北统一，共同反对西班牙的统治。1609年1月，西班牙被迫与荷兰签订《十二年停战协定》，在事实上承认了荷兰的独立。尼德兰革命在北方获得完全胜利，在欧洲建立了第一个资产阶级共和国。

ok

☀ 无敌舰队的覆没

　　无敌舰队是西班牙远征英国的一支舰队，由130条战舰和7000名水兵、2.3万名步兵组成。自16世纪中叶起，英国经常在西班牙殖民地进行走私贸易，抢劫西班牙运送金银的船队并袭击西班牙殖民据点，西班牙决定用武力进攻英国。1588年7月，无敌舰队进入英吉利海峡，8月，在加来东北海面与英国舰队展开海上大战。英军采用火烧连船的战术，大败无敌舰队。后无敌舰队从英国北海绕过苏格兰和爱尔兰返回西班牙，中途又遇风暴。在这一次战役中，无敌舰队损失32艘战舰和1万名士兵。经过这次海战，老牌殖民主义国家西班牙的海上霸权为后起殖民主义国家英国所取代。

☀ "羊吃人"的圈地运动

　　15 世纪末～19 世纪中叶西欧新兴资产阶级和新贵族使用暴力剥夺农民土地的过程，是资本原始积累的基础。15 世纪末，英国新兴贵族鉴于毛纺织工业的勃兴和羊毛价格的上涨，就用栅栏和沟渠圈占农民的土地，把耕地变为牧羊场。被圈地地区的村舍全部被毁，农民被迫出卖土地，流离他乡，到处流浪，或在血腥的法律压迫下成为雇佣劳动者，陷于极端悲惨的境地。托马斯·莫尔辛辣地指责这是"羊吃人"。农民为此发动多次暴动，但均被镇压。大部分破产农民流入城市，成为雇佣工人和产业后备军，为产业革命提供了廉价劳动力，客观上促进了资本主义的发展。

☀ 克伦威尔铁骑军

　　克伦威尔（1599－1658）是典型的中等新贵族和虔诚的清教徒，在邻里中因常捍卫贫穷人的权利而获得好名声。作为长期的国会议员，他坚决反对专制王权，强烈要求废除英国国教的主教制。1640 年英国爆发资产阶级革命后，他主要从农村中召募虔诚信仰清教的自耕农组成了一支队伍，任命一些下层社会出身的人为中下级军官。他领导的这支队伍既勇敢又有纪律，坚决同王党军队作战并连战连捷。在马斯顿大荒原一战中大败王党军队，被人誉为"铁骑军"。克伦威尔因领导"铁骑军"而成为"新模范军"的副司令，为其在第一次内战胜利后夺取政权奠定了基础。

❋ 查理一世上断头台

　　查理一世（1600－1649）为英国斯图亚特王朝的国王。1625 年，查理一世在征收吨税和镑税等问题上同议会发生冲突。1629 年查理一世解散了议会。1630 年，强迫 40 镑年收入的土地所有者缴纳骑士捐并履行其他封建义务。1634 年又开征吨税，引起人民普遍反对。因苏格兰人民起义而于 1640 年 11 月召开的长期议会，反对以查理一世为首的封建王党，查理一世企图逮捕议会领袖，结果没有成功。1642 年初查理一世离开伦敦并发动内战。在两次内战中，查理一世均遭失败。根据议会设立的高等法庭的判决，查理一世以暴君、叛徒、杀人犯和人民公敌的罪名，于 1649 年 1 月 30 日被押上白厅前的断头台斩首。

❋ 光荣革命

英王詹姆斯二世即位后残酷迫害清教徒和大力镇压反对派，同时恢复天主教会，这些都危及资产阶级和新贵族的利益。1688年6月，他们联合发动政变，邀请詹姆斯二世的女婿、荷兰执政奥兰治亲王威廉到英国执政。11月威廉率军在英国登陆，詹姆斯二世逃亡法国。12月威廉进入伦敦。第二年议会宣布由威廉和玛丽共同统治英国。同时议会通过《权利法案》限定国王的权利范围。这次政变实质上是资产阶级、新贵族和部分大土地所有者之间所达成的政治妥协。西方历史学家将这次事件称之为不流血的"光荣革命"。政变之后，英国逐渐建立起立宪君主制。

☀ 启蒙运动

17～18世纪欧洲资产阶级和人民大众反封建的思想文化运动，是文艺复兴之后近代人类的第二次思想解放。代表人物有荷兰的思想家阿科斯塔、哲学家斯宾诺莎、英国的唯物主义哲学家培根、自然法学说创立者格劳秀斯、法国的先驱者培尔、启蒙思想家伏尔泰和孟德斯鸠、唯物主义思想家拉梅特里以及小资产阶级民主派的代表人物卢梭等。启蒙运动为摧毁封建制度、确立资本主义制度作了思想上和理论上的准备。启蒙思想家所宣传的自由、平等、民主和法制的思想，对北美独立战争、法国大革命，以及19世纪欧洲爆发的一系列资产阶级革命都产生了极大的影响。

彼得一世改革

彼得一世（1672—1725）是俄国历史上一位拥有雄才伟略的皇帝，亦称彼得大帝。在他统治早期，曾化名到荷兰、英国的船厂去当学徒，学习西欧国家的先进技术，在位期间进行了以军事改革为中心的多方面改革：改善军队武器装备，制订军事法规，并聘请外籍军事家在俄军中担任顾问，通过大量征兵，建立了一支强大的陆海军；取消了大贵族杜马，废除了衙门制度，建立了参政院和陆军等11个委员会，加强中央集权；实行重商主义政策；建立了算术、造船等专门学校，采用儒略历；颁布了许多重要法令。彼得一世改革改变了俄国在政治、军事和文化教育等方面的落后状态，使俄国进入了欧洲强国之列。

罪恶的东印度公司

17～19 世纪中期英国对东方进行商业垄断贸易和殖民扩张的组织，全称“对东印度群岛贸易的英国商人联合公司”，成立于1600 年，总部设在伦敦。公司以洗劫宫廷国库、强征田赋、垄断贸易、勒索贡赋、奴役手工业者和农民等方式，掠夺印度的巨额财富。此外，东印度公司还把商业活动扩大到波斯湾、东南亚和东亚，进行罪恶的鸦片贸易，毒害各国人民，攫取巨额利润。通过在印度建立据点，逐渐扩展势力，向印度发动一系列殖民侵略战争。到19 世纪中期，侵占整个印度，把印度变为英国的殖民地。1858 年英国撤销东印度公司，印度总督为英王驻印度直接代表。

“五月花”登陆美洲

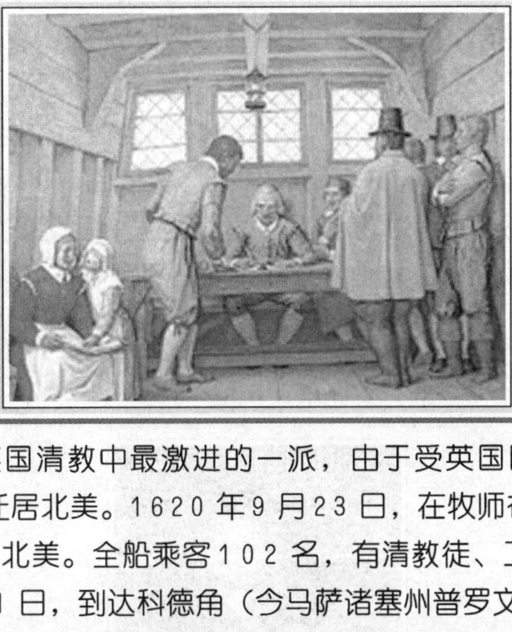

分离派是英国清教中最激进的一派，由于受英国国教的残酷迫害，一部分教徒决定迁居北美。1620 年9 月23 日，在牧师布莱斯特率领下乘“五月花”号前往北美。全船乘客102 名，有清教徒、工匠、贫苦农民及契约奴。11 月21 日，到达科德角（今马萨诸塞州普罗文斯敦），于圣诞节后第一天在普利茅斯地方上岸。登陆前，移民们在船舱内制定了一个共同遵守的《“五月花”号公约》，有41 名自由的成年男子在上面签字。其内容为：组织公民团体，拟定公正的法律、法令、规章和条例。此公约奠定了新英格兰诸州自治政府的基础，被称为美国历史上第一个政治纲领。

☀ 北美独立战争

　　18 世纪以来，北美殖民地资本主义的发展，激化了与宗主国之间的矛盾。1763 年以后，英国加强对殖民地的压迫和剥削，更激起殖民地人民的反抗。波士顿倾茶事件成为北美独立战争的导火索。1775 年 4 月，莱克星顿打响了独立战争的第一枪。5 月，大陆会议通过组织正规军的决议，任命华盛顿为总司令。1776 年 7 月 4 日，大陆会议发表《独立宣言》，正式宣告北美 13 个殖民地脱离英国，成为美利坚共和国。1781 年，英军主力在约克镇向美军投降，北美独立战争获得了胜利。1783 年，英美正式签订《巴黎和约》，承认美国独立。美洲出现了第一个资产阶级共和国。

☀ 美开国之父华盛顿

美国首任总统华盛顿（1732—1799），1732 年出生于弗吉尼亚州。华盛顿曾参加“七年战争”，获上校军衔。1758 年当选为弗吉尼亚议员。1774 年和 1775 年，先后出席第一、二届大陆会议。1775 年 7 月 3 日，华盛顿在马萨诸塞就任大陆军总司令。他卓有成效地领导大陆军取得了北美独立战争的胜利。1787 年主持召开费城制宪会议，制定邦联宪法。1789 年当选为美国第一任总统，1793 年再度当选。1796 年他发表“告别词”，表示不再出任总统，从而开创了美国历史上摒弃终身总统、和平转移权力的范例。1799 年 12 月 14 日逝世。他对美国独立做出了重大贡献，因此被尊为美国“国父”。

攻占巴士底狱

1789 年 5 月，路易十六在凡尔赛宫召开三级会议，企图对第三等级增税，以解救政府财政危机。第三等级代表则要求制定宪法，限制王权，实行有利于资本主义的改革。6 月 17 日第三等级代表宣布成立国民议会，7 月 9 日改称制宪议会。路易十六调集军队企图解散议会，激起巴黎人民的武装起义。7 月 14 日巴黎起义者冲向一向用来囚禁政治犯的巴士底狱，经过浴血战斗，终于攻克了这座象征封建专制统治的堡垒。资产阶级代表在起义中夺取了巴黎的政权，建立了国民自卫军。攻占巴士底狱的消息传出，法国各大城市仿效巴黎，纷纷起义，揭开了法国大革命的帷幕。

❋ 法国《人权宣言》

　　法国大革命中的重要文献。全文扼要列举了资产阶级的政治纲领和宪法原则，1789年由国民议会通过，后经局部修改作为1791年宪法的序言，是制订宪法的基本原则。改变法国封建制度和社会不平等状况是资产阶级制订《人权宣言》的主要目的。《宣言》宣称：人们生来而且始终是自由的，在权利上是平等的；自由、财产、安全和反抗压迫都是天赋的不可剥夺的人权；在法律面前人人平等；一切公民都有言论、著作、出版的自由；私有财产是神圣不可侵犯等等。《人权宣言》的颁布对法国大革命起了极大的推动作用，它的传播在欧洲和整个世界都引起了强烈震动。

❋ 法兰西第一共和国

1792年4月，法国抗击外来武装干涉的战争开始，路易十六的反革命面目充分暴露，立宪派的保守妥协态度愈加不得人心。7月11日立法议会宣布祖国处于危急中，以"无套裤汉"为主体的巴黎人民再次掀起共和运动的高潮。8月10日，巴黎人民第二次武装起义打倒波旁王朝，推翻立宪派的统治。吉伦特派在巴黎人民起义中取得政权。9月20日法国军队在瓦尔米打败外国干涉军。由普选产生的国民公会于9月21日开幕，第二天成立了法兰西第一共和国。吉伦特派执政期间颁布法令，严厉打击拒绝对宪法宣誓的教士和逃亡贵族。1793年1月，国民公会以叛国罪处死了路易十六。

雅各宾派专政

1793年6月2日雅各宾派推翻吉伦特派统治，取得政权。雅各宾派政权联合广大人民群众，采取激烈的革命措施，颁布法国第一部共和制的民主宪法——1793年宪法和三个土地法令，废除封建私有制和殖民地奴隶制，以利于农民的方式拍卖没收的封建地产，大批农民得到土地。严禁囤积垄断，对投机商人判处死刑。处决一批吉伦特派，赶走了外国干涉军。国内叛乱平息后，以罗伯斯庇尔为首的执政派，先后处死代表平民阶层的两派领导人和左翼领袖，继续扩大执行恐怖政策。1794年"热月政变"推翻了雅各宾专政，处死罗伯斯庇尔等90人，从而结束了法国革命的上升阶段。

🌣 拿破仑的"雾月政变"

　　1799 年，法国督政府政局不稳，国外有强敌压境，国内有雅各宾派领导的民主运动和王党反共和的骚动，法国资产阶级需要一个强有力的政府以维护其利益。在大资产阶级支持下，拿破仑（1769－1821）于11月9日发动政变。政变后成立由三个执政官组成的执政府，第一执政官拿破仑掌军政全权，实行军事独裁统治，拿破仑正式走上历史舞台。因11月9日为法国共和历雾月18日，这次政变被称为"雾月政变"。"雾月政变"标志着拿破仑时代的到来，拿破仑的军队开始驰骋在欧洲战场。1804 年，拿破仑称帝，建立法兰西第一帝国。1815 年，拿破仑遭遇滑铁卢大败，被流放到圣赫勒拿岛。

🌣 百日政权

1814年3月31日，欧洲反法联盟联军攻陷巴黎，4月6日，拿破仑退位，被放逐到地中海的厄尔巴岛，仍保留皇帝称号。1815年3月1日，拿破仑从厄尔巴岛逃出，带领1000人冒险渡海，3月20日在法国登陆，沿途所向披靡，顺利抵达巴黎，再次登上皇位，开始"百日"统治（1815年3月20日～6月22日）。1815年6月18日拿破仑在滑铁卢被英国、俄国、普鲁士、奥地利组成的第7次反法联军击败。6月22日拿破仑第二次退位，被囚禁在大西洋圣赫勒拿岛，1821年5月5日在该岛病逝。1840年12月，拿破仑遗骨运回巴黎，1861年4月拿破仑灵柩被安置在巴黎残老军人院的圆顶大堂。

✹ 维也纳会议

欧洲反法同盟打败拿破仑后在维也纳举行的一次国际会议，1814年10月1日开始，1815年6月9日结束。参加者为欧洲反法同盟国家的君主和代表，法国亦派代表出席。会议指导思想是均势原则和正统主义等王朝外交准则。会议目的名义上是重建欧洲和平、确立欧洲均势，实际上是战胜国瓜分欧洲政治疆域和殖民地，复辟封建王朝，镇压民族民主运动。会议在波兰－萨克森问题上发生尖锐矛盾，签订了《最后议定书》。会议以后30年间，欧洲君主专制国家极力维护维也纳体系，而各国革命党和自由主义者则力图推翻条约下的现状，维也纳会议仅仅维持了短暂的和平。

☀ 神圣同盟

　　1815年维也纳会议结束后，俄普奥三国于同年9月26日在巴黎签署《神圣同盟宣言》，标榜根据基督教教义处理相互关系，宣布：三国属于上帝统治下的"同一家庭的三个分支"，三国君主以"手足之情"、"互相救援"；引导臣民和士兵"保卫宗教、和平与正义"，要求人民遵守教义，恪尽职责。同盟邀请承认盟约原则的国家参加，除英国摄政王、奥斯曼帝国苏丹及教皇外，欧洲各国纷纷加盟。神圣同盟先后镇压了意大利革命和西班牙革命，还企图干涉拉丁美洲的独立运动。1822年后因列强间矛盾加剧而名存实亡。在法国七月革命和1848年欧洲革命的冲击下，同盟瓦解。

☀ 工业革命

18 世纪 60 年代～19 世纪末，资本主义的机器大工业代替以手工技术为基础的工场手工业革命，亦称产业革命。它既是生产技术的革命，又是生产关系的重大变革。英国最早具备产生工业革命的条件。17 世纪和 18 世纪，英国资产阶级革命的胜利，工场手工业不断发展和生产技术不断改进，为工业革命准备了政治条件和物质技术条件。工业革命以棉纺织业的技术革新为起点。蒸汽机的发明和应用，有力地推动了交通运输、冶金、采矿等重工业部门的技术革新，直到用机器制造机器。工业革命使资本主义生产力获得飞速发展，同时也揭开了资产阶级和无产阶级斗争的序幕。

英国宪章运动

19 世纪 30～50 年代英国发生的争取实现"人民宪章"的工人运动。1832 年英国议会改革为工业资产阶级打开进入议会的大门，在改革斗争中起过巨大作用的人民群众仍处于无权地位。他们决心进行独立的政治斗争，争取新的选举改革。1838 年 5 月 8 日，伦敦工人协会以《人民宪章》为名称发表一个争取普选权的纲领性文件。宪章拥护者在全国各地集会、游行，要求实现宪章，并于 1839 年、1842 年和 1848 年掀起三次运动高潮，但均被政府镇压。1848 年后运动逐渐衰落。宪章运动迫使统治阶级接受宪章派的某些民主要求，是无产阶级作为独立政治力量登上历史舞台的重要标志之一。

✹ 共产主义者同盟

　　第一个以科学社会主义为指导思想的国际无产阶级的政党，是在对正义者同盟进行根本改造的基础上建立的。1847年6月在伦敦举行第一次代表大会，建立共产主义者同盟，拟定章程。同年11月29日在伦敦举行第二次代表大会，审查并批准章程，明确规定同盟的目的是推翻资产阶级，建立无产阶级统治，消灭旧的以阶级对立为基础的资产阶级社会和建立无阶级、无私有制的新社会。大会委托马克思、恩格斯起草同盟纲领，产生了国际共产主义运动第一个纲领性文献《共产党宣言》。1851年5月以后，科隆共产党人审判案发生，同盟组织被破坏。1852年11月17日同盟解散。

✹《共产党宣言》

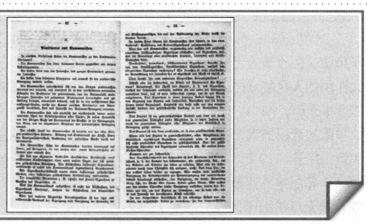

　　马克思和恩格斯为共产主义者同盟起草的纲领，国际共产主义运动第一个纲领性文献，马克思主义诞生的重要标志。1848 年 2 月在伦敦发表。《宣言》第一次全面系统地阐述了科学社会主义理论，指出共产主义运动已成为不可抗拒的历史潮流。全文包括引论、资产者和无产者、无产者和共产党人、社会主义的和共产主义的文献、共产党人对各种反对党派的态度等几个部分。《宣言》宣告："无产者在这个革命中失去的只是锁链。他们获得的将是整个世界。"并发出"全世界无产者，联合起来！"的战斗号召。全世界无产阶级一直把《宣言》作为争取解放的思想武器。

1848～1849 年欧洲革命

　　1848～1849 年，主要发生在法兰西、德意志、奥地利、意大利、匈牙利等欧洲国家的资产阶级民主、民族革命。以法国巴黎"二月革命"为开端，以匈牙利革命的失败而告终。这次革命是 19 世纪上半叶欧洲经济、政治和思想发展的必然结果，是封建主义与资本主义的矛盾、压迫民族与被压迫民族的矛盾尖锐化的必然结果。1848 年欧洲革命打击了欧洲各国的封建专制制度，摧毁了反动的神圣同盟和维也纳会议的体系，为资本主义的发展扫清了道路；它锻炼了法、德等国的无产阶级以及革命群众，对于马克思主义和后来欧洲工人运动以及社会主义运动的发展有着深远的影响。

☀ 路易·波拿巴政变

　　1848 年法国革命爆发后，拿破仑一世的侄子路易·拿破仑·波拿巴（1808－1873），从长期流亡的英国回到法国，9 月当选制宪议会议员。12 月 10 日主要依靠农民选票当选为总统。此时波拿巴派与其他资产阶级派别矛盾尖锐，总统尚未掌握全权。1851 年 12 月 2 日他发动政变，解散议会，并通过公民投票使政变合法化。1852 年 12 月 2 日元老院宣布恢复帝国，即法兰西第二帝国，路易·拿破仑·波拿巴为帝国皇帝，称拿破仑三世。此后他依靠工商业与金融资产者的支持，大力促进法国工业革命，执掌第二帝国政权达 19 年之久。1870 年普法战争中亲临前线，同年 9 月 2 日在色当战败投降被俘。

☀ "欧洲首相"梅特涅

梅特涅（1773－1859）1773年5月15日生于科布伦茨贵族家庭。1809年任奥地利帝国外交大臣。在维也纳会议上，他积极推行欧洲"大国均势"政策，调和欧洲列强瓜分领土和殖民地的矛盾，在巩固欧洲旧秩序上取得各方一致的意见。1815年积极参加建立"神圣同盟"，是"神圣同盟"和"四国同盟"的核心人物，成为复辟势力总代表，积极主张镇压欧洲各国革命。1821年5月，任奥地利首相，在国内外推行被称为"梅特涅体系"的一整套保守主义的政治主张。1848年3月，奥地利爆发资产阶级民主革命，要求实行宪政，梅特涅被迫辞职，仓皇逃往英国。1859年6月11日梅特涅死于维也纳。

门罗宣言

第五届总统门罗在国情咨文中提出的美国对外政策的原则，是美国对外扩张政策的重要标志，亦称"门罗主义"。宣言宣称：美国将不干涉欧洲列强的内部事务或它们之间的战争；欧洲列强不得再在南、北美洲开拓殖民地；欧洲任何列强控制或压迫南北美洲国家的任何企图都将被视为对美国的敌对行为。宣言提出"美洲是美洲人的美洲"，实际上是宣布拉丁美洲属于美国的势力范围。虽然门罗主义在客观上防止已独立的拉美国家再沦为欧洲列强的殖民地，但门罗宣言的实质是抵御欧洲对美国扩张政策的威胁，以保障美国在拉丁美洲扩张的行动自由。

☀ 西进运动

　　从北美独立战争到 19 世纪 80 年代向北美大陆西部移民、拓殖、扩张、掠夺印第安人土地的运动，也是美国资本主义向宽广方面发展的过程。西进运动中，充满了血腥屠杀印第安人的事实，也留下了移民们艰苦奋斗、开发西部的业绩。西进运动出现 3 次移民高潮：第一次高潮出现在 18 世纪末期和 19 世纪初期；第二次高潮出现在 1815 年以后；第三次高潮是伴随着 19 世纪中叶美国领土扩张和兼并到来的。1890 年，西进运动正式结束。西进运动使美国的领土增加到建国时的 3 倍，扩大了发展工业所需的各种基本资源，对美国的发展和美利坚民族性格的形成都产生了巨大的影响。

☀ 南北战争

1861 年4 月~1865 年4 月，美国南方与北方之间进行的战争，又称美国内战。19 世纪中叶，美国北部自由劳动制度与南部奴隶制度之间的矛盾发展到不可调和的地步，南部奴隶制度成为美国社会经济发展的主要障碍。1861 年4 月12 日，脱离联邦的南部叛乱政府军首先发起战争，北方于15 日发布讨伐令，内战爆发。林肯政府在战争中实行一系列革命措施和政策，逐渐赢得战争的主动权。1865 年4 月9 日，南方部队投降，内战结束。南北战争确立了北方大资产阶级在全国的统治地位，消灭了奴隶制，为美国的资本主义发展扫清了道路，在美国历史发展中具有划时代的进步意义。

解放者林肯

林肯（1809－1865）是美国历史上最伟大的总统之一。1809 年2 月12 日出生于肯塔基州一个贫苦的农民家庭，从事过众多艰苦的体力劳动，1847 年当选为美国国会众议员，1860 年当选美国总统。内战爆发后，林肯颁布《宅地法》，规定公民缴付10 美元登记费，可在西部领取0.65 平方千米土地，耕种5 年后归其所有。1863 年发表《解放黑奴宣言》，宣布解放黑人奴隶。后来林肯又促使国会通过永远禁绝奴隶制的宪法修正案。1863 年，他坚决征召黑人入伍，使成千上万的黑人走上战场，为战争的胜利做出了巨大的贡献。1864 年11 月林肯再次当选为总统。1865 年4 月14 日，林肯在剧院里被刺，第二天逝世。

☀《解放黑奴宣言》

　　为扭转南北战争的战局，林肯政府决定以革命方式进行战争。1863年1月1日，林肯正式颁布《解放黑奴宣言》，宣布：仍在反叛联邦的各州及若干区域内，所有被据为奴隶的人们立即获得自由，并且以后将永保自由，合众国政府和陆海军当局将承认和维护他们的自由；获得自由的人们，除必要的自卫外，应避免使用任何暴力，并在可能的情况下忠诚的工作；合乎条件的人将被容纳于联邦的武装部队，为联邦服务。此举使大批被解放的黑人奴隶参加联邦军队，成为联邦军队得力的同盟军，有效地扭转了战局，保证了联邦政府夺得最后胜利。1865年美国正式废除奴隶制。

☀苏伊士运河通航

苏伊士运河位于埃及东北部，贯通苏伊士海峡，是欧、亚、非三洲的重要海上通道。18世纪英法两国加紧争夺，目标都集中在富饶的东方。法国企图沟通地中海与红海，直抵东方，以打破英国对好望角航道的控制，夺取东西贸易的垄断权。1854年法国和埃及签订修建和使用苏伊士运河的租让合同，1856年签订补充合同，次年成立"国际苏伊士海运运河公司"。1859年运河开工，1869年运河竣工并正式通航，法国控制了运河公司。苏伊士运河的凿通大大缩短了东西方之间的航程，促进了国际贸易和航运事业的发展。也正因为如此，苏伊士运河成为西方列强互相争夺的目标。

✺ 俄罗斯废除农奴制

19世纪上半叶，资本主义在俄国农奴制社会内部逐步发展起来，资本主义发展要求打破农奴制的束缚。克里木战争的失败，彻底暴露了农奴制度的腐朽性，加深了农奴制危机。俄国废除农奴制改革是由沙皇政府自上而下进行的。1860年10月政府拟出解放农奴法令草案，1861年3月3日，亚历山大二世批准废除农奴制度的"法令"和"宣言"。废除农奴制后农民摆脱了对地主的人身依附关系，出现了大批自由雇佣劳动力，为俄国资本主义的发展创造了有利条件。资本主义工业获得迅速发展，地主的徭役经济向资本主义经济过渡。俄国从农奴制社会逐步过渡到资本主义社会。

明治维新

　　19 世纪中叶日本面临严重的民族危机，社会矛盾更加激化，德川幕府的统治危机十分严重。幕府统治被推翻后，日本成立了以天皇为首的新政府。1868～1873 年间，明治政府进行了一系列资产阶级改革："版籍奉还"、"废藩置县"，加强中央集权，建立以天皇为中心的地主资产阶级专政；实行义务兵役制，建立中央直属的"御亲兵"，设置内务省统一指挥警察；鼓励发展资本主义，废除重重关卡和行会制度，统一货币，废除买卖土地的禁令等措施。明治维新使日本走上了资本主义的道路，增强了国力，摆脱了受欧洲列强奴役的危险，逐渐成为亚洲的一个强国。

铁血宰相——俾斯麦

俾斯麦（1815－1898）当过普鲁士王国首相，德意志帝国宰相。执政期间采取“铁血政策”，故有“铁血宰相”之称。1815 年4 月1 日出生于容克世家。俾斯麦担任普鲁士首相后，不理睬资产阶级的违宪指责，进行大规模军事改革，宣称“德意志的未来在于强权”，“只有通过铁和血才能达到目的。”俾斯麦通过三次王朝战争，建立了统一的德意志帝国。1871～1890 年，俾斯麦是德意志帝国实际领导人，集帝国内政、外交大权于一身，只对皇帝负责，在外交上纵横捭阖，成为19 世纪下半叶欧洲政治舞台的风云人物。1890 年3 月，由于其内政和外交政策未能取得预期效果，被威廉二世解职。

普法战争

19 世纪60 年代普法两国关系恶化。法国企图阻碍德意志统一，称霸欧洲。普鲁士王国企图打败法国以便统一德意志，争霸欧洲。西班牙王位问题终于引发了两国的战争。1870 年7 月19 日法国向普鲁士宣战。战争爆发后法军屡败，9 月2 日，拿破仑三世和麦克马洪元帅在色当决战后率军投降。普鲁士军队占领法国东北部，矛头指向巴黎。随后成立的特罗胥国防政府未作积极抵抗，10 月27 日巴赞元帅率军在梅斯投降。1871 年1 月18 日，威廉一世在凡尔赛宫宣布成立德意志帝国。28 日法德签订停战协定，规定法国投降。普法战争后法国受到削弱，统一的德意志开始成为强国。

☀ 维多利亚女王

　　维多利亚女王（1819-1901），英国历史上在位时间最长的国王。1819年5月24日生于伦敦。1837年即位。即位初年，积极参与朝政，倾向于辉格党人，与托利党人格格不入。在位后期，她转向保守党并积极支持迪斯累利的殖民侵略政策，其态度深受资产阶级赞许。1876年成为印度女皇。1901年1月22日卒于怀特岛。她在位的60余年正值英国自由资本主义由方兴未艾到鼎盛，进而过渡到垄断资本主义的转变时期，经济空前繁荣，所以维多利亚女王成了英国和平与繁荣的象征。女王统治时期在英国历史上被称为维多利亚时代。

☀ 巴黎公社

法国无产阶级在1871年3月18日革命后建立的工人革命政权。普法战争中法国的失败和"国防政府"的叛国投降活动引起了人民的极度不满。3月18日巴黎工人起义，夺取了市政权，以梯也尔为首的政府逃往凡尔赛。26日公社选举，28日巴黎公社宣告成立，建立立法和行政统一的政权机关，实行无产阶级专政政权，共设10个委员会分管各项工作，有86人当选为公社委员。5月28日，凡尔赛反革命军在普鲁士军队的帮助下攻入巴黎，巴黎公社失败。巴黎公社存在时间短，管辖范围限于首都，没有来得及充分履行其职能，它所展现的是无产阶级领导的新型民主国家的雏形。

✳ 美西战争

美国为夺取西班牙殖民地而发动的一场重新瓜分世界的最早的帝国主义战争。1898年4月底，美国借口其军舰"缅因"号在哈瓦那被炸沉，向西班牙宣战进攻西属殖民地。5月，美国摧毁西班牙马尼拉舰队，占领马尼拉；6月在古巴登陆；7月占领圣地亚哥；接着占领西属波多黎各。西班牙被迫乞和，8月12日停战，12月10日双方签订《巴黎和约》。美国从西班牙手中夺得波多黎各和关岛等殖民地，取得菲律宾宗主权。古巴形式上独立，但1901年成为美国的势力范围。通过美西战争，美国加强了军事和政治经济地位，为扩大对拉丁美洲和远东的侵略创造了有利的条件。

☀门户开放

　　19世纪末美国提出的侵略中国的政策。甲午战争后出现了西方列强竞相划分在中国势力范围的瓜分狂潮。美国于1899年9月照会英、德等列强，提出对中国实行"门户开放"政策，即承认各国在中国的"势力范围"、租借地和既得利益，各国势力范围对一切船只货物通用现行中国约定关税率，并按同一标准收取路费。1900年再次照会各国，主张保持中国领土和行政的完整，维护各国在中国平等公正贸易的原则。"门户开放"政策的提出，标志着美国一改追随英国的做法，提出独立的对华政策。华盛顿会议上，"门户开放"作为列强对华侵略的原则被载入《九国公约》。

☀日俄战争

20 世纪初日本和俄国为争夺在朝鲜和中国东北的权益进行的以中国东北为主要战场的帝国主义战争。1904 年2 月8 日，日本不宣而战，派遣海军偷袭旅顺口的俄国舰队。9 日俄国对日宣战。8 月下旬，日俄陆军在辽阳会战，俄军大败，日军占领辽阳，双方隔沙河对峙。8 月10 日双方舰队在黄海激战，俄方惨败。1905 年1 月2 日，日军攻陷旅顺口。5 月，俄国增派波罗的海舰队驶抵对马海峡，双方海军展开决战，俄国舰队在日本海被全歼。9 月5 日两国签订《朴次茅斯和约》。日本获得中国东北和朝鲜的实际控制权。

日本吞并朝鲜

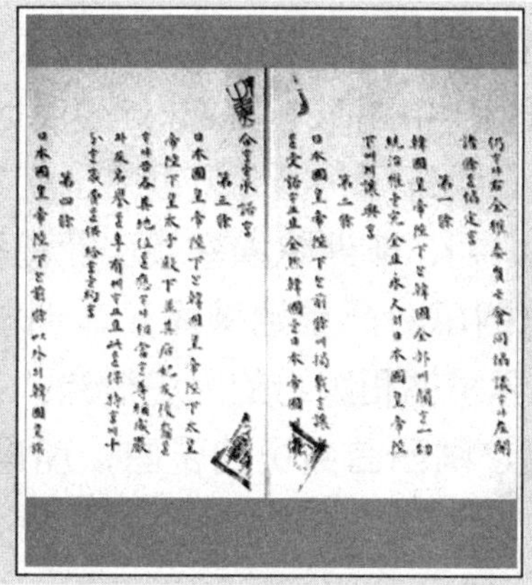

日俄战争后，日本加紧对朝鲜的侵略。1910 年8 月22 日，日本胁迫朝鲜签订《日韩合并条约》。条约共8 条：朝鲜国王将一切统治权完全而永久地让给日本天皇；日本天皇接受这种转让，并将朝鲜完全并入日本帝国；朝鲜国王及其后裔和皇族，以及为签订这一条约建有“功勋”的“有功者”，享有“表彰、威严及名誉”的待遇，并供给充分的生活费和赏金；胁迫朝鲜人民“遵守法规”，忠于“新制度”等。通过该条约，日本实现所谓“日韩合并”。条约签订后，日本将朝鲜统监府改名为朝鲜总督府，寺内正毅为第一任总督，朝鲜完全沦为日本帝国主义的殖民地。

🌞 瓜分非洲

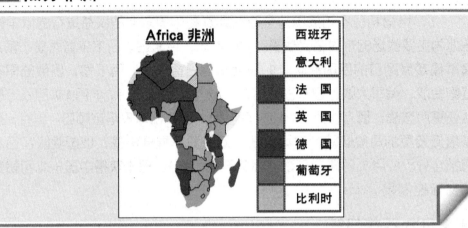

	西班牙
	意大利
	法 国
	英 国
	德 国
	葡萄牙
	比利时

Africa 非洲

19世纪的最后25年，是帝国主义列强瓜分非洲最激烈的时期，不仅一些原来已在非洲拥有殖民地的国家迅速地扩大了地盘，而且一些后起的工业国家如德国、比利时也拼命挤进夺取非洲殖民地的行列。英国、法国、德国、意大利、比利时、西班牙、葡萄牙等帝国主义国家在非洲都占有大片的殖民地。到20世纪初，非洲除埃塞俄比亚和利比里亚外，全部被帝国主义瓜分。帝国主义的瓜分严重地破坏了非洲国家和民族间的传统疆界，是今天非洲国家边界争端和纠纷的历史根源。帝国主义各国对非洲的侵略也引起了帝国主义之间日益尖锐的矛盾，加深了世界动荡和不安。

🌞 三国同盟

德国、奥匈帝国、意大利在维也纳结成的秘密同盟。德奥结盟后，俾斯麦为进一步孤立法国，利用法、意争夺突尼斯的矛盾，拉拢意大利加盟。经过谈判，1882年5月20日，德、奥、意三国在维也纳签订同盟条约。条约规定：意法战争时，德、奥应全力援助，德法战争时，意大利也担负同样的义务；缔约国的一国或两国遭受两个或两个以上的大国进攻，则缔约三国应协同作战。三国同盟的缔结标志着欧洲两大对峙军事集团的一方初告形成。三国同盟的矛头直指俄国和法国，促使俄法迅速接近，缔结同盟。从而为两大军事集团的对峙和第一次世界大战埋下了伏笔。

三国协约

　　英国、法国、俄国为对抗三国同盟，通过1904～1907年签订一系列协议而结成的另一个欧洲军事集团。1904年4月8日，英国和法国签订一项瓜分殖民地的协约。英、法协约签订后，英、俄也开始接近。1907年8月31日，俄国和英国签订了分割殖民地的协定。英、法协约和英、俄协约，加上法俄同盟，组成了"三国协约"，亦称协约国。三国协约与三国同盟疯狂地进行扩军备战，终于导致第一次世界大战的爆发。大战中，协约国成了反对德国及其同盟者的国家的共同名称。1918年德国投降后，美、英、法、日等帝国主义国家，曾以协约国的名义，三次向苏俄发动武装干涉。

☀ 布尔什维克成立

　　1903年7、8月，俄国举行了社会民主工党第二次代表大会。大会在选举中央委员会和党的机关报《火星报》编辑部成员时，拥护列宁的人得多数票，称布尔什维克，马尔托夫等机会主义者得少数票，称孟什维克。从1903年以来，布尔什维克成为马克思主义者的称号。1912年1月该党第六次全俄代表会议把孟什维克少数派清除出党。布尔什维克成为独立的马克思主义政党。党的名称在原名后面加括号标明"布尔什维克"。1918年改名为俄国共产党（布尔什维克），简称俄共（布）。十月革命胜利后，各国共产党都以俄共为榜样，布尔什维克又成为真正的共产党人同义语。

☀ 列宁

列宁（1870—1924）是世界无产阶级革命导师，苏联共产党和国际共产主义运动的领袖，苏维埃国家的创始人。1870年4月22日出生于俄国进步知识分子家庭。中学毕业后因参加学生运动曾被捕。1888年成为马克思主义积极分子，为建立俄国无产阶级革命政党做了大量工作。主持了俄国社会民主工党第6次代表会议，将孟什维克驱逐出党，使布尔什维克成为独立的无产阶级革命政党。1917年领导十月革命取得胜利，并当选为苏维埃俄国人民委员会主席。革命胜利后，列宁为巩固新生的苏维埃政权和组织社会主义经济进行了艰苦的努力，亲自领导共产国际运动。1924年1月21日与世长辞。

巴尔干火药桶

奥斯曼帝国处于欧亚非之交的枢纽地区，具有重要的战略地位。伴随着帝国的衰败，欧洲列强竞相争夺这一地区，力图控制这块通往东方的战略要道，称霸欧洲。欧洲列强围绕瓜分摇摇欲坠的奥斯曼帝国领土而产生了激烈的矛盾和斗争，他们相互牵制，互相阻止某一方单独吞噬这块肥肉。而奥斯曼帝国统治下的巴尔干各被压迫民族争取民族解放的斗争，又由于列强的插手和干预而更显复杂。这两大矛盾久经纠缠，使巴尔干问题成为国际冲突的症结，巴尔干地区也成为了欧洲的"火药桶"。接连爆发的两次巴尔干战争使矛盾更加尖锐，为一战的爆发埋下了"火药"。

☀ 萨拉热窝事件

　　1914年6月28日，奥匈帝国皇储弗兰茨·斐迪南大公为对塞尔维亚炫耀武力，到波斯尼亚首府萨拉热窝访问，并准备到接连塞尔维亚的边境地区检阅军队。斐迪南一向主张侵犯塞尔维亚，他的波斯尼亚之行被塞尔维亚人认为是挑衅行为，引起了具有民族情绪的塞尔维亚青年的强烈愤慨。塞尔维亚秘密的爱国军人组织"青年波斯尼亚"积极行动，准备暗杀活动。当日斐迪南的车队驶过萨拉热窝狭窄街道的时候，塞尔维亚"青年波斯尼亚"成员普林西普开枪打死了斐迪南夫妇。这一事件使欧洲两大军事集团为重新瓜分世界而积聚的矛盾最终爆发，成为一战的导火线。

☀ 第一次世界大战

　　1914～1918 年同盟国集团和协约国集团之间为重新瓜分殖民地和势力范围、争夺世界霸权而进行的第一次世界规模的战争。这次大战以德、奥同盟国及其同盟者为一方，英、法、意、日、俄、美为主的众多协约国家为另一方。战争历时 4 年 3 个月，战火燃遍欧洲大陆，延及非洲和亚洲，大西洋的北海海域、地中海和太平洋的南部海域都曾发生激烈的海战。大战使各国人民遭受空前灾难，交战双方动员兵力共 7340 余万人，直接参战部队 2900 多万人，死于战场的约 1000 多万人，受伤的约 2000 万人，33 个国家先后卷入这场战争，战祸波及的人口在 13 亿以上。

🌞 巴黎和会

　　1919 年 1 月 18 日～6 月 28 日，第一次世界大战的战胜国和战败国在巴黎召开的和平会议。共有 27 国参加，苏俄未被邀请。会议标榜通过媾和建立世界永久和平，实际上是战后帝国主义分配战争赃物，重新瓜分世界，策划反对无产阶级革命和民族解放运动的会议。巴黎和会一直在帝国主义战胜国的操纵下进行。各大国在对德和约问题上勾心斗角，争论激烈。后经妥协，于 6 月 28 日在巴黎凡尔赛宫镜厅举行《协约和参战各国对德和约》签字仪式。和会还通过了《国际盟约》作为凡尔赛和约的一部分。英、法、美等国在会中还秘密讨论武装干涉苏俄、镇压各国革命的问题。

🌟 国际联盟

又称国际联合会，简称国联。第一次世界大战结束后建立的国际组织，主要机构是大会、行政院和秘书处。1919年1月8日巴黎和会通过建立国联的决议，4月28日和会通过以美英方案为基础的盟约，并作为对德、奥、匈、保等国和约的一部分。1920年1月10日国联正式成立，总部设在瑞士日内瓦。美国因未能实现把国联作为建立世界霸权的工具而未参加，苏联于1934年9月18日加入。先后有63个国家加入国联，最多时达58个。由于帝国主义之间的利害冲突，国联在审理和解决国际争端方面成效很少。第二次世界大战爆发后，国联名存实亡。1946年4月19日正式解散。

🌟 华盛顿会议

第一次世界大战后，美、英、日等国为重新瓜分远东和太平洋地区的殖民地和势力范围，由美国建议召开的国际会议，亦称太平洋会议，1921年11月12日～1922年2月6日在华盛顿举行。会议有美、英、法、意、日、比、荷、葡和中国北洋政府的代表团参加，期间签订了《四国条约》、《五国海军条约》、《九国关于中国事件适用各原则及政策之条约》三项条约。华盛顿会议是巴黎和会的继续，其目的是要解决《凡尔赛和约》未能解决的帝国主义列强之间关于海军力量对比和在远东、太平洋地区特别是在中国的利益冲突，完善第一次世界大战后的帝国主义和平体系。

《九国公约》

　　中国问题是华盛顿会议的中心议题，中国代表在会上提出的多项议案被否决。1922年2月6日，参加会议的九国代表签订了《九国关于中国事件适用各原则及政策之条约》，通称《九国公约》。条约规定："尊重中国之主权与独立及领土与行政之完整"；"给予中国完全无阻碍之机会，以发展并维持一有力的巩固之政府"；"施用各种之权势，以期切实设立并维持各国在中国全境之商务实业机会均等之原则"。实质上是要挟中国政府执行"门户开放"、"机会均等"的原则。《九国公约》结束了日本独霸中国的局面，使中国又成为几个帝国主义国家共同宰割的对象。

❂ 凡尔赛－华盛顿体系

　　通过巴黎和会签订的《凡尔赛和约》、《国际盟约》以及会后对其他战败国的和约，以条约法律形式，确立了战后资本主义世界政治、经济和军事的一般关系与制度，即凡尔赛体系。华盛顿会议签订的各项条约和通过的决议案构成华盛顿体系。这一体系是在承认美国占优势的基础上，确定了凡尔赛体系未能包括的远东、太平洋区域的帝国主义国际关系体系，它是凡尔赛体系的补充。两大体系确立了战后帝国主义世界统治的新体系，即"凡尔赛－华盛顿体系"。该体系包含着各种矛盾的因素，潜伏着冲突的根源。20世纪30年代，该体系危机四伏并彻底崩溃。

❂ 洛迦诺公约

　　1925 年10月5～16日，英、法、德、意、比、波、捷 7 国代表在瑞士洛迦诺举行会议。会议讨论了德国西部领土现状、德国与东部邻国的关系以及德国加入国际联盟等问题。会议于10月16日草签了《莱茵保安条约》等 7 个条约、1 个议定书，总称《洛迦诺公约》。其中最主要的《莱茵保安公约》规定：德、法、比互相保证不破坏《凡尔赛和约》，德比、德法之间保持边界现状，互不侵犯，遵守《凡尔赛和约》关于莱茵区不设防的规定；英、意两国充当公约的保证国，承担援助被侵略国的义务等。洛迦诺会议恢复了德国在欧洲的大国地位，削弱了法国的霸权地位。

非战公约

　　1928 年8月27日，美、英（包括英联邦 7 个成员国）、法、德、比、意、日、波、捷克斯洛伐克15 国的代表在巴黎签订《关于废弃以战争作为推行国家政策的工具的一般条约》，即非战公约，也称白里安—凯洛格公约，1929 年7月24日正式生效。主要内容是：（1）废弃以战争作为推行国家政策的工具；（2）只能用和平方法解决国际争端或冲突。截至1933 年，有 63 个国家加入非战公约。该公约是在世界人民反对帝国主义战争的强大压力下签订的。公约虽然在后来形同虚设，并不能有效制止战争，但对在国际关系中反对战争的斗争有一定的作用，在国际法上也有一定的意义。

☀ 俄国十月革命

　　第一次世界大战爆发，使俄国的国内外矛盾更加尖锐，并成为战争中最薄弱的环节。以列宁为首的布尔什维克党，于1917年11月7日在彼得格勒发动了武装起义。工人赤卫队和革命军队占领电话局、邮政局、国家银行、火车站、主要政府机关和军事据点。次日凌晨2时，起义队伍攻下冬宫，逮捕了正在开会的临时政府部长们。11月7日，全俄工兵代表苏维埃第2次代表大会开幕，大会通过《告工人、士兵、农民书》，宣布临时政府已被推翻，全部政权转归苏维埃手中。第一个无产阶级专政的政权在俄国建立。因革命发生在俄历10月而称为十月革命。

☀ 印度第一次非暴力不合作运动

在第一次世界大战和十月革命的影响下，印度掀起民族解放运动高潮。1919年4月13日，发生阿姆利则惨案，反英斗争迅速高涨。1920年9月，国大党通过甘地提出的非暴力不合作计划。甘地宣称，斗争的目的是达到自治。在甘地号召下，人民举行罢工、罢课、罢市、集会游行，印度教徒与伊斯兰教徒团结一致，并肩战斗。1922年2月，联合省2000名农民将22名警察连同警察局一起付之一炬，运动超出非暴力斗争范围，甘地闻讯急忙制止。国大党通过巴多利决议，决定无限期停止非暴力不合作运动。3月10日，甘地入狱，运动遭到残酷镇压。第一次非暴力不合作运动受挫。

☀ 圣雄甘地

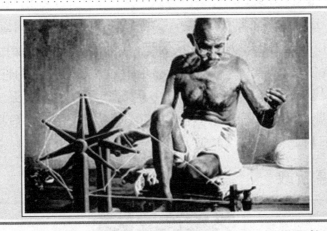

甘地（1869-1948）是印度国民大会党领袖，民族解放运动最著名领导人，非暴力不合作运动倡导者，享有"圣雄"称号，自幼受《薄伽梵歌》的熏陶。1919年领导反对《罗拉特法》的斗争，支持穆斯林基拉法特运动。1920年倡导和开展非暴力不合作运动，1924年当选为国大党主席。他提倡开展文明不服从运动，强调非暴力原则，并领导"食盐进军"。1942年发动"退出印度"运动，要求立即独立。战后接受蒙巴顿方案。1948年1月30日被暗杀，终年77岁。甘地在反英斗争中，先后绝食17次。"坚持真理"和"非暴力不合作"是甘地思想的核心。

❈ 美国1929～1933年经济危机

　　1929年10月美国股票行情开始猛跌。到11月中旬，纽约证券交易所股票价格下降40％以上，证券持有人损失达260亿美元，使美国经济陷入停滞状态。由于工、农、商业萎缩，到1933年3月，美国完全失业工人达1700万，约有101.93万农民破产，甚至中产阶级也纷纷破产。危机期间，一方面生产过剩，商品积压，甚至销毁大量农产品和牲畜，另一方面广大人民又缺衣少食。全国有3400万成年男女和儿童无法维持生计，200万人到处流浪，栖息在破烂的"胡佛村"里。在这次危机中，工业、农业、信用危机同时迸发，并波及整个资本主义世界。

❈ 罗斯福新政

1933 年罗斯福（1882－1945）就任美国总统后为克服经济危机采取的一系列政策和措施。从 1933 年到 1941 年被称为是"新政时期"，这一时期通过并执行的一系列内外政策法案共 775 条，其中如"紧急银行法案"、"全国产业复兴法"、"农业经济调整法"、"国家劳工关系法"等等。新政实施后，美国摆脱了极其严重的经济危机局面，稳定了财政金融，逐步恢复了经济，在一定程度上缓和了国内社会矛盾，防止了法西斯主义在美国的泛滥。新政通过加强国家干预经济，探索出了资本主义经济管理的新方法。美国国力迅速恢复，为第二次世界大战中反法西斯战争打下雄厚的物质基础。

☀ "向罗马进军"

第一次世界大战后，墨索里尼（1883－1945）利用统治阶级"惧怕赤色"的心理，于 1919 年 3 月在米兰建立半军事性组织——法西斯战斗团。1921 年 11 月正式建立国家法西斯党，有党员 30 万人左右，多数来自退伍军人、资产阶级、地主和具有沙文主义情绪的小资产阶级，墨索里尼自称"元首"。1922 年 2 月，法西斯党人公开喊出"打倒国会"、"专政万岁"的口号。10 月 28 日，在大垄断资本集团和军队的支持下，5 万多名身穿黑衫的武装法西斯分子"向罗马进军"，意大利内阁被迫辞职，国王伊纽尔三世让墨索里尼组阁，墨索里尼攫取了国家最高领导权，建立了法西斯独裁统治。

希特勒

MI LUCHA

Adolf Hitler

　　希特勒（1889～1945）是德国纳粹党党魁，法西斯德国元首，第二次世界大战头号战犯。1889年4月20日生于奥地利的布劳瑙，受过初中教育，无固定职业，两次投考美术学院均未录取。1921年成为纳粹党党魁，1923年发动"啤酒店暴动"失败，被捕入狱，写成《我的奋斗》。1933年任德国总理，兴登堡死后，自称元首兼总理，实行法西斯专政，重整军备。1936年同意大利建立"柏林－罗马轴心"。1939年9月1日挑起第二次世界大战，先后侵占北欧、西欧和东南欧等许多国家，各国人民死于其屠刀下的不计其数。1945年4月29日苏军包围柏林时，在总理府地下室与布劳恩举行婚礼，次日两人同时自杀身亡。

东条英机

东条英机（1884－1948）日本法西斯首要战犯，陆军大将。1884 年 12 月 30 日生于东京，1915 年于陆军大学毕业，后成为军部法西斯派别“统制派”重要成员，热衷于对外侵略。1935 年出任关东军宪兵队司令官，积极镇压中国东北抗日军民。1937 年任关东军参谋长。1940 年任陆军大臣，积极扩大侵华战争，极力主张对美英开战。1941 年10 月任内阁总理大臣，兼任陆军大臣、内务大臣和军需大臣，晋升大将，实行法西斯军人独裁。同年12 月发动太平洋战争。1944 年7 月在日本败局已定形势下被迫辞职。日本投降后作为战犯被捕，1948 年11 月被远东国际军事法庭列为甲级战犯，判处绞刑，同年12 月23 日执行。

慕尼黑阴谋——“被欺骗的和被出卖的”

1938 年德国强行兼并奥地利后，英、法各国实行绥靖政策，纵容德国侵略行径。经过幕后策划，9 月29～30 日举行英、法、德、意四国慕尼黑会议，当日午夜签订了《慕尼黑协定》。协定完全接受希特勒的要求，将捷克苏台德地区及同奥地利接壤的南部地区交给德国。捷克其他领土四国“保证”不会侵犯。会议期间发表了具有互不侵犯性质，最终不过是一纸空文的《英德宣言》。慕尼黑会议及协定粗暴践踏了国际法和国际关系的基本准则，是大国主宰小国，牺牲弱小国家利益进行妥协交易的阴谋，助长了法西斯国家进一步发动侵略战争的野心，并最终把战火燃向英法等国。

绥靖政策

　　一种对侵略不加抵制，姑息纵容，退让屈服，以牺牲别国为代价，同侵略者勾结和妥协的政策。第二次世界大战前，这一政策最积极的推行者是英、法、美等国。以英国首相张伯伦为代表的各国绥靖主义者，为了维护既得利益，求得一时苟安，不惜以牺牲别国利益为代价，谋求同侵略者妥协，妄图将祸水引向苏联，坐收渔利。最典型的体现是慕尼黑会议和《慕尼黑协定》。英、法及幕后支持它们的美国，妄图以牺牲捷克斯洛伐克为代价，求得"一代人的和平"，实质上是想推动德国进攻苏联。绥靖政策是一种纵容战争的政策，加速了第二次世界大战的爆发。

《苏德互不侵犯条约》

　　1939年8月中旬，苏联的国际处境十分险恶。日本处心积虑要同德国建立反苏军事同盟，加紧对苏联的战争准备。同时，德国即将进攻波兰，世界大战一触即发。为了苏联的安全，8月23日苏联同德国签订《苏德互不侵犯条约》，有效期10年。条约规定，缔约双方彼此互不使用武力，任何一方将不参加直接或间接反对他方的国家集团；当一方受到第三国进攻时，另一方不给予第三国任何支持；同时也确定双方在东欧的势力范围等。条约签订使苏联得以暂时置身于战火之外。德国在西线得手后，于1941年6月22日撕毁条约，对苏联发动突然袭击，挑起苏德战争。

第二次世界大战

　　1939～1945年以侵略者德、日、意法西斯轴心国为一方，以反法西斯同盟国和全世界反法西斯力量为另一方进行的第二次全球规模的战争。这场战争给人类带来极大灾难：整个"二战"长达6年；战火燃及四大洲和四大洋，作战区域面积2200万平方千米；双方动员军事力量1.1亿人；参战国家和地区有60多个，人口17亿，占世界总人口80%；因战争而死亡者在5000万人以上；无数城乡化为废墟，数不清的人类文化遗产毁于一旦。美、苏、英、法、中等反法西斯国家和世界人民最终战胜法西斯侵略者赢得和平与进步。创伤在各国人民心头打上深深的烙印，人类决不允许这种悲剧重演。

✳ 三国轴心军事同盟

　　第二次世界大战中德、意、日三个法西斯国家组成的政治和军事侵略性同盟。1938年初至1939年夏，德、意、日进行多次谈判，酝酿在《反共产国际协定》基础上建立三国同盟。1939年5月22日，德国和意大利于柏林订立同盟条约。1940年9月27日，德、意、日三国外长在柏林签订《德日意三国同盟条约》。其主要内容为：德、意和日本彼此承认在欧洲和亚洲的"领导地位"。三国中一国受到未参加中日战争和欧洲战争国家的攻击时，相互给予政治、经济和军事援助。三国同盟的签订表明德、意、日三国轴心军事同盟正式形成，它促成德国武装进攻苏联和太平洋战争的爆发。

✳ 轮椅上的总统——罗斯福

罗斯福（1882-1945）出生于纽约州。1932年当选美国第32任总统，并因二战爆发成为美国历史上唯一一位蝉联四届的总统。由于下肢残废而长期坐在轮椅上，故被称为"轮椅上的总统"。担任总统后立即实施"新政"，使美国摆脱经济危机，迅速恢复了经济和国力。二战开始后，他制定租借法以支持英、法及苏联反对德意法西斯。1941年8月14日与丘吉尔联合发表《大西洋宪章》。珍珠港事件发生后，美国对日宣战，加入反法西斯战争。罗斯福在建立和加强反法西斯的大同盟中发挥了重大作用。二战后期，积极筹建联合国。1945年4月12日，罗斯福因脑溢血在佐治亚州逝世。

钢铁意志——斯大林

斯大林（1879-1953）出生于俄国一个鞋匠家庭，列宁逝世后成为前苏联党和国家的最高领导人。二战期间任前苏联国防委员会主席、前苏联武装力量最高统帅，凭其坚定的意志，领导前苏联人民克服艰巨的困难，坚持坐镇被德国重兵包围的首都莫斯科亲自指挥战斗，进行伟大的"卫国战争"，把前苏联被进攻的每个城镇、一屋一巷，都变成德国法西斯的葬身之地。在经历严重挫折和付出重大代价之后，前苏联终于打败法西斯德国，参加对日作战，取得了世界反法西斯战争的完全胜利，为世界和平和人类进步事业做出了重大贡献。1953年3月5日，斯大林因患脑溢血在莫斯科逝世。

☀ 文学家首相——丘吉尔

　　丘吉尔（1874－1965）出生在英格兰一个贵族世家，1894年毕业于桑德赫斯特皇家军事学院，1919年1月出任陆军大臣兼空军大臣。1931年1月，因对保守党领袖的政策不满退出鲍德温的影子内阁，此后他被排斥在政府公职之外，专心从事写作。二战爆发后继张伯伦任首相，并兼国防大臣，立即把全国经济纳入战时轨道，拒绝德国的诱和，坚持对德作战，同时争取美、苏作为同盟者参战。战后在处置战败的德国、波兰的疆界变动和政府组成等问题上，极力维护英帝国的利益。1953年被封为爵士，获"嘉德勋章"，同年获诺贝尔文学奖。1965年1月24日于伦敦逝世。

☀ 不屈战士——戴高乐

　　戴高乐（1890—1970）出生于里尔，参加过第一次世界大战，在凡尔登战役中受伤被俘。第二次世界大战爆发时，在前线积极阻击德军。1940年6月18日在伦敦英国广播电台发表著名的"六一八"号召，呼吁法国人民在他领导下继续抗战。他表示："法兰西抵抗的火焰不应该熄灭，也决不会熄灭。"在伦敦他领导了"自由法兰西"运动，并逐渐建立起法国部队。先后组织和领导法兰西民族委员会、法兰西民族解放委员会、法兰西共和国临时政府，团结国内外抵抗力量，与盟国一起作战。1959年就任法兰西第五共和国总统。1970年11月9日在科龙贝双教堂村病逝。

《租借法案》

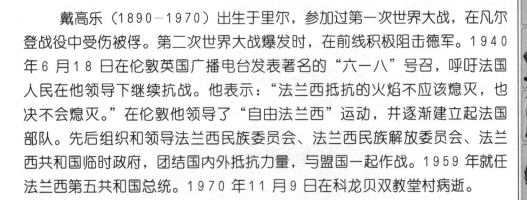

　　正当英国在德国的猛烈进攻下遭遇最严峻的危机时刻，1940年12月17日，美国总统罗斯福用"借水龙头给邻居灭火"作比喻，说明应该用贷款或租借武器的办法援助英国。29日，罗斯福提出美国"必须成为民主国家的大兵工厂"的响亮口号。1941年3月31日，租借法案经两院通过后正式由罗斯福签署生效。规定总统有权向对于美国防务至关重要并且能给美国带来好处的国家出售、交换、租借或转让任何军需产品。国会当即拨款70亿美元，供实施租借法之用。租借法的实施，对正受法西斯侵略的国家是巨大的鼓舞和支持，对第二次世界大战的胜利起了重要的作用。

☀《大西洋宪章》

　　1941年8月9～12日，美国总统罗斯福和英国首相丘吉尔在大西洋阿根夏湾的美国军舰上举行会晤。14日发表联合宣言，史称《大西洋宪章》，亦称《罗斯福丘吉尔联合宣言》，共8条。主要内容是：两国不追求领土或其他方面的扩张；反对未经有关民族自由意志所同意的领土变更；在彻底摧毁纳粹暴政后确立和平，以使各国人民都能在其疆土之内安居乐业等。苏联政府于9月24日发表声明，同意大西洋宪章基本原则，随后又有14个国家表示赞同。宪章对鼓舞世界人民的反法西斯斗争，促进反法西斯联盟的形成起了积极的历史作用，并成为以后联合国宪章的基础。

☀《联合国家宣言》

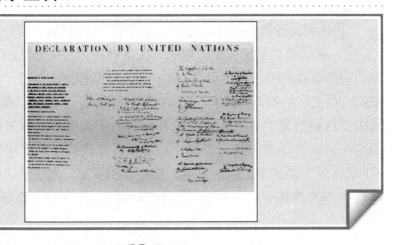

1941 年12 月，罗斯福与丘吉尔在华盛顿举行会谈，倡议对法西斯国家作战各国签署一项宣言。经与前苏联磋商并告知有关国家后，1942 年1 月1 日，中、美、英、苏等26 个国家的代表在华盛顿签署了《联合国家宣言》，此后又有21 个国家在宣言上签字。宣言表示赞同《大西洋宪章》的宗旨和原则；各国政府保证使用全部的军事和经济资源，打败法西斯轴心国及其仆从国；每个国家的政府保证互相合作，不与敌人单独媾和；凡在战胜希特勒主义斗争中给以物质上援助和贡献的国家，均可加入本宣言。宣言的发表标志着国际反法西斯联盟的最终形成，为创建联合国奠定了基础。

雅尔塔体系

二战出现转机和即将胜利的时候，美、英、苏三国从各自国家的政治制度、经济利益和思想价值观念出发，考虑重建战后世界新秩序。三国首脑为此分别在1943 年11 月、1945 年2 月和7 月召开德黑兰、雅尔塔和波茨坦三次会议。经过激烈的讨价还价，三国就彻底击败德国法西斯、建立民主政治、战后德国赔偿和对德国实行分区占领、对日作战、成立联合国组织等重大问题达成一系列协议。这三次会议，特别是雅尔塔会议中达成的一系列协议和安排，为战后世界体系和政治格局的形成奠定了基础，所体现的东西方关系和美苏对抗，是战后世界政治格局的核心和主要标志。

☀ 联合国成立

    "联合国"一词，是罗斯福在起草《联合国家宣言》时提出的。美国认为，只有建立一个以几大国组成国际安全机构为核心的国际组织，才能维持战后世界秩序和国际和平。1943年，中、苏、美、英发表《普遍安全宣言》，提出有必要建立一个普遍性的国际组织。1944年，苏、英、美代表和中、英、美代表先后举行会谈，讨论和拟订组织联合国的建议。1945年4月25日，50个国家的代表在旧金山举行联合国国际组织会议。6月26日，51国代表签署《联合国宪章》。10月24日，联合国正式成立，51个宪章签字国为创始会员国，中国是创始会员国和安理会五大常任理事国之一。

☀ 《联合国宪章》

《联合国宪章》是1945年6月26日，在美国旧金山召开的联合制宪会议上，由与会的51国代表签署的联合国的组织章程，同年10月24日生效。宪章共19章，121条，它规定了联合国的宗旨是维护国际和平与安全，发展各国之间的友好关系，促进国际合作，促成社会进步和在更大自由中的更好的生活水平；以及为实现这一宗旨联合国及其会员国应遵循的原则。同时规定了会员国的权利和义务以及六个主要联合国机构（联合国大会、安全理事会、经济及社会理事会、托管理事会、国际法院和秘书处）的职能范围。宪章是联合国最重要的纲领性文件和法律依据。

纽伦堡审判

　　1945年10月18日，根据苏、美、英、法签署的《伦敦协定》和《欧洲国际军事法庭宪章》成立的国际军事法庭，在柏林对纳粹德国首要战犯进行统一审判，11月20日移至德国纽伦堡城举行。经过216次开庭，于1946年10月1日结束。法庭对24名被告中的22人作了宣判：戈林等12人被处绞刑；冯克等3人被判无期徒刑；邓尼茨等4人被判10～20年徒刑；另3人被释放。党卫军、特别勤务队、国家秘密警察和纳粹党元首兵团被判为犯罪组织。德国内阁、参谋总部、国防军最高统帅部和冲锋队被判无罪。纽伦堡审判为以后对破坏和平罪的审判奠定了基础，标志着国际法的重大发展。

☀ 远东国际军事法庭

　　根据《波茨坦协定》惩处战犯的规定，驻日盟军最高统帅部1946年1月19日宣布在东京成立远东国际军事法庭，审判及惩罚被控犯有破坏和平罪、破坏战争法规罪和违反人道罪的日本战犯。1946年5月3日开始审判，1948年11月12日宣布判决。美国操纵审判，在审判过程中庇护和释放了不少重要战犯，最后在甲级战犯中宣判25人有罪。其中东条英机、广田弘毅等7人被判处绞刑，木户幸一等16人判处无期徒刑，另有2人被判7年和20年徒刑。这次审判确认侵略战争为国际法上的犯罪，策划、准备、发动或进行侵略战争者列为甲级战犯，是对国际法战犯概念的重大发展。

☀ 蒙巴顿方案

1947年6月3日，接任英印总督不久的蒙巴顿提出了印度政权移交的具体方案，即蒙巴顿方案。主要内容是：印度分为印度教徒的印度和伊斯兰教徒的巴基斯坦两个自治领，英国分别向两者移交政权；将印度制宪会议分成印度制宪会议和巴基斯坦制宪会议两部分；授予各土邦以自由选择加入任何一个自治领的权利等。印度国大党和穆斯林联盟虽不满意，但都接受了这个方案。1947年8月14日，巴基斯坦自治领成立；8月15日，印度自治领成立。英国在印度长达190年的殖民统治自此结束。蒙巴顿分治方案为以后印巴两国的多次冲突和频繁的宗教仇杀埋下了祸根。

✹ 印巴第一次战争

　　根据蒙巴顿方案实行印、巴分治，是英国对南亚次大陆"分而治之"政策的具体化，人为地在印度和巴基斯坦两国间制造了许多争端。其中最为严重的是克什米尔问题。蒙巴顿方案规定克什米尔可以自由选择加入印度还是巴基斯坦，印度利用由信仰印度教的王公所控制的克什米尔议会，宣布克什米尔属于印度，这违背了大多数人口为穆斯林的地区应划归巴基斯坦的原则。1947年10月，印、巴两国由于克什米尔的归属问题终于发生武装冲突，战火延续15个月。1949年1月，印、巴双方接受联合国决议宣布停火，同年7月划定停火线。但此后，克什米尔仍引发了印巴多次冲突。

🌕 希腊内战

　　1944 年 11 月，回到雅典的希腊流亡政府和英国将军下令解散由共产党领导、在二战中英勇抗击法西斯的民族人民解放军，共产党组织民族解放阵线遭到警察和英军的血腥镇压。12 月 5 日起民族人民解放军与英军等进行长达 33 天之久的武装冲突后交出武器，宣布解散。1946 年 2 月希腊共产党被迫重新组织武装斗争，成立希腊民主军和临时民主政府。1947 年 3 月美国插手希腊内政，向希腊政府提供大量金钱和军事装备；成立美希联合总参谋部，控制希腊政府军，直接指挥他们打内战。希腊民主军经过 3 年的艰苦奋战于 1949 年 8 月失败，10 月 16 日临时民主政府被颠覆，内战结束。

🌕 杜鲁门主义

1947年3月12日，美国总统杜鲁门在致国会的关于援助希腊和土耳其的咨文中，提出了以"遏制共产主义"作为国家政治意识形态和对外政策指导思想。他要求国会向希、土提供4亿美元的军事援助。在咨文中他说明了援助的直接原因是美国要接替英国填补东地中海的真空；宣称世界已分为"极权政体"和"自由国家"两个敌对的营垒，每个国家都面临着两种不同生活方式的抉择；美国要承担"自由世界"抗拒共产主义的使命，充当"世界宪兵"的角色。5月22日，杜鲁门正式签署《援助希、土法案》。杜鲁门主义标志着美国政府公开宣布将"冷战"作为国策。

铁幕演说

　　1946年3月5日，丘吉尔由杜鲁门总统亲自陪同，在美国富尔敦的威斯敏斯特学院发表了题为《和平砥柱》的反共演说。丘吉尔在演说中透露了对战后欧洲前景的担心。他在演说中提到："从波罗的海的什切青，到亚德里亚海边的的里亚斯特，一条横贯欧洲大陆的铁幕已经降落下来。"当时的情况是即使英国把所能汇集的国家都联合在一起，也无法改变俄国在欧洲占优势的局面。丘吉尔认为美国正处于"世界权力的顶峰"，号召各英语民族同胞联合起来，反对"铁幕"背后的国家。丘吉尔的富尔敦演说在国际上引起了重大反响，实际上成为美国发动冷战的信号。

☀ 马歇尔计划

　　1947年6月5日，美国国务卿马歇尔在哈佛大学发表演说，提出援助欧洲经济复兴的方案。他认为欧洲经济濒于崩溃，如果没有大量的额外援助，就会面临性质非常严重的经济、社会和政治的危机。他呼吁欧洲国家共同制订一项经济复兴计划，美国则用其生产过剩的物资援助欧洲国家。1947年7～9月，英、法、意等16国决定接受马歇尔计划。1948年4月3日美国国会通过《对外援助法案》，马歇尔计划正式执行。美国对欧洲拨款共达131.5亿美元。马歇尔计划的实施使西欧经济增长25%。马歇尔计划是战后美国利用援助拉拢西欧盟国，抗衡苏联，争夺西欧市场的重要手段。

☀ 第一次柏林危机

1947年美英就加紧对西欧的控制，合并英、美德国占领区，阻挠德国统一问题和缔结对德和约问题达成协议。1948年2月美、英、法筹划在西方占领区成立德意志国家，6月宣布实行币制改革，加深德国的分裂。苏联于1948年退出盟国对德管制委员会，在苏占区和整个柏林发行新货币。同年6月24日苏联对西柏林实行封锁，切断西柏林与西方占领区之间的水陆交通。美、英则对苏占区实施交通和贸易限制，向西柏林空运物资。柏林局势一时十分紧张。但由于双方都不愿诉诸武力，经过谈判，终于达成妥协，1949年5月12日解除对柏林的封锁。而柏林在1948年底正式分裂为两个城市。

柏林墙

　　二战结束后，根据有关协议，苏、美、英、法四国成立盟国管制委员会，分区占领德国和柏林。由于产生重大分歧，苏联于1948年退出该委员会，同年11月苏联宣布成立东柏林的"临时民主市政府"；12月西柏林市议会选举，组成西柏林市政府。1949年5月，美、英、法占领区成立德意志联邦共和国，10月苏联占领区成立德意志民主共和国，德国分裂为东德、西德两个国家。1961年8月13日，东德沿东西柏林边界构筑了隔离设施，包括高墙、铁丝网等，后多次改建，高3.6米、总长165千米，称之为"反法西斯防卫墙"，一般称"柏林墙"。1990年两德统一后被拆除并分段出售。

北大西洋公约组织

西方国家根据《北大西洋公约》建立的以美国为首的军事联盟。《北大西洋公约》由美国、加拿大、英国、法国、荷兰、比利时、卢森堡、意大利、葡萄牙、丹麦、挪威和冰岛于1949年4月4日在华盛顿缔结，同年8月24日生效。希腊、土耳其于1952年，联邦德国于1955年，西班牙于1982年先后加入公约和北约组织。《北大西洋公约》规定，缔约国实行"集体防御"，任何缔约国同他国发生战争时，应给予"援助"，包括使用武力。北约组织所涉及的地理范围包括北美、欧洲成员国和土耳其本土及地中海、北回归线以北大西洋内各成员国之岛屿。

华沙条约组织

　　北约成立后，苏联东欧等8国开始考虑组织联合武装部队和建立联合司令部，采取共同措施来保证自己的安全。1955年5月14日，苏联、波兰、捷克斯洛伐克、阿尔巴尼亚、保加利亚、匈牙利、民主德国在华沙缔结《友好合作互助条约》。根据该条约结成的军事政治联盟称华沙条约组织，简称华约。条约规定："如果在欧洲发生任何国家或国家集团对一个或几个缔约国的武装进攻，每一缔约国应以一切它认为必要的方式，包括使用武装部队，立即对遭受这种进攻的某一个国家或几个国家给予援助。"同年6月5日条约生效，华约与北约正式形成两大集团的军事对峙。

朝鲜战争

　　1950年6月25日朝鲜战争爆发。杜鲁门宣布美军直接介入朝鲜战争，随后纠集15个国家的军队组成"联合国军"，把朝鲜内战变为美国的侵朝战争。美军在仁川登陆后扩大了战争，不顾中国的多次警告，逼近鸭绿江边。1950年10月25日，中国人民志愿军应邀跨过鸭绿江，协同朝鲜人民共同打击侵略者。美国共投入1/3的陆军、1/5的空军和1/2以上的海军，使用了除原子弹以外的一切现代化武器，仍以失败而告终。朝中军队共歼敌109万人，迫使美国于1953年7月27日签订《朝鲜停战协定》。朝鲜战争的胜利，戳穿了美国不可战胜的神话，同时也使新中国面临更加恶劣的国际环境。

☀ 亚非会议

　　1954年12月缅甸、锡兰（今斯里兰卡）、印度、印尼和巴基斯坦5国总理联合倡议召开亚非会议。1955年4月18～24日亚非会议在印尼的万隆举行。5个发起国以及中国、埃及等共29个国家和地区的代表团参加会议。会议通过了包括经济合作、附属地人民问题和关于促进世界和平与合作宣言等部分的《亚非会议最后公报》，确定了以和平共处、友好合作为基础的指导国际关系的十项原则，明确与会各国共同奋斗的方针和目标，发出团结反帝的号召。会议所反映的亚非人民团结反帝、争取和维护民族独立、增强各国人民间友谊的精神，被称之为万隆精神，并载入史册。

☀ 1954年日内瓦会议

1954 年 4 月 26 日～7 月 21 日召开的日内瓦会议，主要讨论朝鲜和印度支那问题。虽经朝、中、苏三方一再努力，提出各种建议，以便达成协议，但美方纠集参加侵朝战争的国家发表了《共同宣言》，使朝鲜问题的讨论中断，未达成任何协议。恢复印度支那和平问题主要议题有两个：关于在越南、寮国和高棉 3 国停止敌对行动问题；关于政治解决印支问题。会议最后签署了印支三国交战双方停止敌对行动的协定，并发表了《日内瓦会议最后宣言》。协定和宣言均在法国承认印支三国的独立、主权、统一和领土完整的基础上做出的，对恢复印支和平具有重要意义。

1961 年日内瓦会议

1954 年日内瓦会议结束后不久，美国背弃诺言，公然把印支三国划入其所谓保护区。支持老挝叛乱集团，在老挝挑起大规模内战，并准备直接入侵。1961 年 5 月 16 日～1962 年 7 月 23 日，中、苏、美、英、法、印、波、越南、南越、柬、老、泰、缅在日内瓦召开会议，寻求恢复老挝和平途径问题。会议经过 14 个多月的激烈斗争，就老挝和平问题达成协议，于 1962 年 7 月 23 日一致通过《关于老挝中立的宣言》和《关于老挝中立宣言的议定书》。这次会议对和平解决老挝问题及缓和印支与亚洲的紧张局势起到了一定的积极作用。但由于美国的干扰，有关协议均未得到全面的履行。

ok

☀ 不结盟运动

　　亚非会议促进了民族解放运动的新高涨，为亚非国家联合反帝和反殖树立了典范。亚非拉国家为了摆脱大国的控制，主张团结起来，走和平、中立、非集团、不结盟的道路。1961年6月，由南斯拉夫等5国发起，在开罗召开不结盟国家会议筹备会。9月1～6日，在贝尔格莱德举行第一届不结盟国家会议，有25个不结盟国家和3个观察员国出席会议。会议通过《不结盟国家和政府首脑宣言》、《关于战争的危险和呼吁和平的声明》等文件，体现了与会国家反对帝国主义和新老殖民主义的鲜明立场。不结盟运动成为国际上具有广泛基础并发挥着重要影响的政治力量。

☀ 七十七国集团

随着亚非拉广大发展中国家相继获得政治上的独立，它们迫切需要改变国际经济关系、国际贸易长期为少数发达国家所控制的局面，发展民族经济。在1964年召开的第1届联合国贸易和发展会议期间，77个发展中国家发表《七十七国联合宣言》，阐明他们对贸发会议的立场，表示他们应加强团结和协商。从此，该宣言签署国被称为"七十七国集团"。虽然后来该集团成员国不断增加，但仍沿用"七十七国集团"名称。每届贸发会议召开之前，"七十七国集团"都举行部长级会议，共同磋商对策，制定行动纲领，发表发展中国家对该届贸发会议具有立场性的文件。

第二次柏林危机

　　1958年11月赫鲁晓夫宣称："西柏林已变成一个毒瘤，我们要消除西柏林的占领状态。"苏联照会美、英、法政府，建议取消对柏林的占领制度。西方予以拒绝，双方以武力相威胁，由此引起了东西方关系的紧张。1961年6月，赫鲁晓夫在美苏首脑会晤时重提1958年建议，声称必须在年内解决问题。肯尼迪也持强硬态度，扬言要武力保卫西柏林。8月13日，东德修筑"柏林墙"，封锁东西柏林边界；18日，美国派兵增援西柏林；接着双方以核武器试验相威胁。赫鲁晓夫在危机高峰时态度软化，10月28日，苏联称将不再坚持"六个月的期限"，结束了持续3年多的柏林危机。

🔅 非洲统一组织

　　非洲独立国家的全非性组织，简称非统组织。1963年5月，在埃塞俄比亚的亚的斯亚贝巴举行了非洲独立国家首脑会议，有30个独立国家的元首、政府首脑或代表参加，一些未独立国家的民族解放运动的领导人也作为观察员出席会议。会议签署的《非洲统一组织宪章》，宣告非洲统一组织正式成立。组织机构有：（1）国家和政府首脑会议；（2）部长理事会；（3）秘书处；（4）调解、和解与仲裁委员会；（5）解放委员会；此外还有其他专门委员会。非统组织在加强非洲团结、捍卫民族独立、反对外来干涉、争取经济独立、发展非洲民族经济、建立国际经济新秩序等方面，都发挥了积极作用。

🔅 红色革命家卡斯特罗

卡斯特罗1926年8月13日出生，大学期间就参加学生运动。1947年和1948年先后参加多米尼加和哥伦比亚反美反独裁斗争。1950年，在哈瓦那大学获法学博士学位。1953年7月26日发动反巴蒂斯塔政权的武装起义，失败后被捕。1955年5月获释后组织“七二六”运动，随即流亡美国、墨西哥。1956年12月，他率领82名青年乘游艇在古巴奥连特省南岸登陆，开展游击战，并担任起义军总司令。经过两年多的战争，1959年1月1日革命胜利，担任武装部队总司令，2月出任政府总理。1961年领导古巴军民击溃美国雇佣军的武装入侵。自1976年12月以来，任国务委员会主席和部长会议主席。

《布鲁塞尔条约》

1948年英国正式建议建立西欧联盟。法、比、荷、卢四国表示响应。1948年3月17日，五国外长在布鲁塞尔签订为期50年的《布鲁塞尔条约》，规定任何一缔约国在欧洲遭到武装攻击，其他缔约国应提供一切军事和其他援助。同年8月25日条约生效时成立了条约组织，设立外长协商理事会，此后又成立防务委员会，设最高司令部。北大西洋公约组织成立后，条约组织的军事机构并入北约组织，其他机构则继续存在。1954年10月23日签订的《巴黎协定》对条约作了修订。1955年5月6日，条约组织改组为西欧联盟，吸收联邦德国和意大利参加，总部设在伦敦。

☀ 匈牙利事变

　　1956年10月23日清晨起，大约10余万市民在布达佩斯举行和平示威游行。一些人利用匈牙利劳动人民党前领导人所犯严重错误和人民的不满，煽动闹事，挑起冲突。当天夜晚，一批暴乱分子武装袭击政权机关，开始巷战，进而残酷杀害公安部队人员和共产党人。暴乱很快波及全国各地。由于在事变中上台的领导人纳吉态度左右摇摆，加上西方国家乘机通过各种形式支持暴乱分子，暴乱日益加剧并失控。在苏联军队已越过边境的情况下，10月31日，新成立的匈牙利社会主义工人党和政府请求苏军帮助恢复国内秩序。同日苏军进入布达佩斯，暴乱逐步被平息。

☀ 赫鲁晓夫

赫鲁晓夫（1894—1971）1894年4月17日出生于一个矿工家庭，幼年当过牧童、雇工，1918年加入俄共（布）。1919年参加红军，1943年获中将军衔。斯大林逝世后，担任苏共中央第一书记、苏共中央俄罗斯联邦局主席和苏联部长会议主席。1956年2月，在苏共"二十大"上作《关于个人崇拜及其后果》的秘密报告，批判斯大林的错误。1961年提出1980年前在苏联基本建成共产主义社会的口号和目标。他提出两个社会经济体系和平共处、和平竞赛的原则，认为世界大战并非绝对不可避免。他在处理社会主义国家关系、各国共产党关系上具有大国沙文主义的错误。1964年被解除一切职务。1971年9月11日在莫斯科去世。

✹布拉格之春

　　1968年1月，杜布切克接替诺沃提尼担任捷克斯洛伐克共产党中央第一书记。杜布切克随后撤换了党政军领导人中的守旧派人物，使改革派在中央领导机构中占据优势。3月23日诺沃提尼又被迫辞去总统职务，由斯沃博达接任。4月捷共中央全会通过"行动纲领"，改组中央领导机构，并为50年代的冤案进行平反，改革运动进入高潮，报纸、电台的节目开始活跃，人民群众对政治问题展开了热烈的讨论，提出了许多批评和政治要求，包括经济改革在内的各项改革力度加强并认真地进行。这是捷克寻求自己发展道路的尝试，西方社会称之为"布拉格之春"。

✹ 苏伊士运河战争

　　1956年7月，埃及宣布关于苏伊士运河国有化的法令后，英法等国企图以武装入侵剥夺埃及人民的民族权利。10月29日晚，以色列4.5万侵略军在英、法出动飞机提供空中掩护下，大举进攻加沙地带和西奈半岛埃军阵地，向苏伊士运河和沙姆沙伊赫推进。10月31日，英法成立联军司令部，出动大批飞机轰炸埃及的重要城市以及机场和交通线，并在随后直接派兵登陆入侵埃及。在埃及人民英勇反抗和世界人民的反对下，英、法、以三国政府被迫于11月7日宣布停火，并从12月开始撤军。战争后，英法不得不靠美国供应石油和提供贷款，美国趁机取代英法在中东的地位。

✹ 戴高乐主义

1958年戴高乐重返政坛后，在外交上推行谋求法国大国地位的独立自主外交政策，反对美国在西方联盟中的霸权统治，维护法国的独立自主；在欧洲和全球范围内组织与美苏两个超级大国相抗衡的第三势力，发挥法国的大国作用。这个政策的几根支柱是：建立法国的核大国地位；退出北约军事一体化组织，恢复法国的完全主权；联合西德，组建以法国为领导的西欧集团；对苏联实行"缓和、谅解和合作"政策，同苏联进行直接对话；承认阿尔及利亚独立，实行非殖民化，奉行积极的第三世界政策，同美苏争夺第三世界。他推行的这一外交政策被称为"戴高乐主义"。

古巴导弹危机

从1962年7月开始，苏联以"保卫古巴"为名，把进攻性导弹秘密运进古巴。10月中旬，美国根据U－2飞机的侦察，得知古巴正在修建针对美国的导弹发射场。肯尼迪总统随即宣布武装封锁古巴，要求苏联从古巴撤出进攻性武器，并威胁不惜使用武力，形成战争一触即发之势。苏联外交官否认在古巴有苏联导弹，表示对美国的威胁将进行最强烈的回击。26日赫鲁晓夫给肯尼迪一封秘密信件，提出愿从古巴撤出进攻性武器，交换条件是美国撤销对古巴的封锁，并保证不再入侵古巴，肯尼迪复信表示同意。接着美苏双方都采取措施履行诺言，12月6日，危机遂告结束。

✸ 肯尼迪之死

　　肯尼迪（1917-1963）出生于波士顿，1940年毕业于哈佛大学。1960年他竞选总统，许诺进行新的社会经济改革，宣布"新边疆"计划，最终他以微弱多数战胜尼克松，成为美国最年轻的、第一位信仰天主教的总统。就职后肯尼迪加强对亚非拉的渗透，提出"和平战略"，在军事上采取"灵活反应战略"。发动并扩大越南战争，制造入侵古巴的吉隆滩事件。在柏林危机和古巴导弹危机中采取强硬措施，迫使赫鲁晓夫退却。1963年11月22日，肯尼迪在得克萨斯州的达拉斯市遇刺身亡，随即，时任副总统的约翰逊在"空军一号"上接任美国总统。肯尼迪之死成为一个不解之谜。

✸ 越战的泥潭

1961 年美国对南越发动"特种战争",妄图在 18 个月内"平定南越"。1964 年 8 月悍然轰炸越南北方。1965 年开始对越南北方进行大规模的连续轰炸,并于 3 月在岘港登陆,直接出兵南越,把侵略战争升级为"局部战争"。1969 年开始推行"战争越南化"政策。美国入侵越南,不仅给越南人民造成了巨大的灾难,也使自己深陷越战而难以自拔。侵越战争造成美军死亡 5.8015 万人,伤 15.0303 万人,耗费 2000 多亿美元,加深了美国的社会和政治危机,严重削弱了美国推行外交政策的实力和信心。1973 年 1 月 27 日,《关于越南结束战争恢复和平的协定》签订,3 月 19 日侵越美军全部撤出。

水门事件

1972 年 6 月 17 日,以尼克松竞选班子成员麦科德为首的 5 人,在潜入华盛顿水门大厦民主党总部安装窃听器时被捕。尼克松在同年 11 月再次当选美国总统。1973 年 3 月 23 日,麦科德道出白宫和争取总统连任委员会都卷入了"水门事件"。1974 年 7 月 24 日,在联邦最高法院传调的录音带中,有一盘录音证实尼克松曾指示让中央情报局制止联邦调查局参与案件的调查。7 月 30 日,众议院司法委员会根据收集到的证据,向众议院呈送 3 项弹劾条款,得到共和党和民主党的支持。尼克松在失去所有的支持后于 8 月 8 日发表辞职演说,翌日中午辞职生效,"水门事件"告一段落。

☀ 两伊战争

　　伊拉克同伊朗在边界、民族、宗教问题上久有争议。1979年初伊朗发生伊斯兰革命后，两国关系迅速恶化。1980年4月，伊拉克副总理阿齐兹在巴格达被一伊朗籍人炸伤，成为两伊战争的导火索。9月，伊拉克出兵伊朗，两伊战争爆发。1981年9月以后，伊朗反攻，收复大部分失地，并于次年7月攻入伊拉克境内。1983年下半年起，双方互相空袭对方城市、石油设施和波斯湾的油轮。战争主要在两国边境地区进行，长期相持不下。1988年8月20日双方实现停火。战争中双方死亡人数超过35万；数十座城市遭到破坏，耗费高达5400万美元。这场战争使两国发展至少迟滞了20～30年。

☀ 马岛战争

阿根廷独立后曾宣布马尔维纳斯群岛（马岛）为其领土，并派行政官员进行治理。1833年英国出兵占领马岛，统治至今，但两国对马岛归属问题一直存在争议。1982年4月2日，阿根廷出兵占领马岛，并宣布马岛为阿根廷第24个省。英国立即同阿根廷断交，同时派遣一支占英国海军2/3的作战力量，包括两艘航空母舰在内的近40艘舰只组成特混舰队开往南大西洋。5月21日英军在马岛登陆，遭阿军猛烈反击；6月12日，英军发动总攻；14日，阿军投降，英军重占马岛。马岛战争是二战后大西洋上最大规模的一次海空战。马岛战争后，阿、英关于该岛主权的争端并未结束。

星球大战计划

1983年，里根在电视讲话中提出了战略防御计划，即"星球大战计划"。该计划是把战略弹道导弹拦截和摧毁在到达美国国土之前，以求达到消除战略弹道导弹威胁的目的。1985年1月，白宫公布了《总统战略防御计划》，阐述其目的和性质为：发展有效的防御对付弹道导弹所造成的威胁，确保美国及其盟国的安全，以美国的技术优势，谋求建立一个较为安全和稳定的世界；战略防御计划仍然是威慑，是针对苏联不断扩大反弹道导弹力量的活动；计划需要盟国的合作等。星球大战计划是美国推行强硬的军事新政策的反映，苏联随后与之展开竞赛。

图书在版编目（CIP）数据

历史的隧道／顾盼编 . —长春：吉林出版集团有限责任公司，2009.3
（全新知识大搜索）
ISBN 978-7-80762-595-7

Ⅰ . 历… Ⅱ . 顾… Ⅲ . 世界史－青少年读物 Ⅳ . K109

中国版本图书馆 CIP 数据核字（2009）第 027881 号

主　编：顾盼
编　委：徐昇　胡远超

历史的隧道

策　　划：刘野　　责任编辑：曹恒
装帧设计：艾冰　　责任校对：孙乐
出版发行：吉林出版集团有限责任公司
印刷：长春市东文印刷厂
版次：2009 年 4 月第 1 版　印次：2009 年 4 月第 1 次印刷
开本：787×1092mm 1/16　印张：12　字数：120 千
书号：ISBN 978-7-80762-595-7　定价：19.80 元
社址：长春市人民大街 4646 号　邮编：130021
电话：0431-85618717　传真：0431-85618721
电子邮箱：tuzi8818@126.com